文庫

夜行快速《ムーンライト》えちご殺人事件

西村京太郎

徳間書店

目次

第一章　新宿歌舞伎町《しんじゅくかぶきちょう》　5
第二章　失踪　41
第三章　泳ぐヒゴイ　87
第四章　協力せよ　120
第五章　ある集団　156
第六章　新潟《にいがた》中央郵便局　190
第七章　終わりよければ　228

第一章　新宿歌舞伎町《しんじゅくかぶきちょう》

1

「退職金の前借りだって？」

急に、社長の金子《かねこ》は、不機嫌になった。

「そうです。何とか、前借りできないでしょうか？」

逆に、三宅《みやけ》のほうは、自然に卑屈な表情になってくる。

金子社長は、怒ったような顔で三宅を見つめたまま、黙っている。

それでも、三宅は、必死に、言葉を続けて、

「こちらで働くことになった時、健康保険も退職金制度も完備されている。そのようにきかされて、私は、この会社に入ったのですが」

と、いった。

「もちろん、退職金は、ちゃんと払うぞ。君は、ウチで働くようになってから何年になる?」

「ちょうど五年になります」

「そうか。ウチの会社の規則では、退職金は一年につき、月給の一カ月分ということになっている。だから、君が今、辞《や》めるというのならば、五カ月分の退職金を払うよ。それが規則になっているからね。それで、君は今、月にいくらの、給料をもらっているんだ?」

「今年になってから、二十五万円になりました」

「もらいすぎだな」

と、金子は、相変わらず、不機嫌にいってから、

「去年までは、いくらだったんだ?」

「二十万でした」

「そうか。それなら、二十万の五カ月分として、百万円は、君がウチを辞めるというのであれば、今すぐにでも払う。しかし、退職金の前借りというのは、いったい、どういうつもりなんだ?」

「何とか、退職金の前借りをさせていただければ、その金を郷里の両親に送ってやりたいんですよ」

と、三宅は、いった。

「君の両親は、どこに住んでいるんだ？」

「長岡《ながおか》です」

「長岡？　その街は、どこにあるのかね？」

「新潟《にいがた》県の長岡市です。中越《ちゅうえつ》地震で、両親が経営していた飲食店が、潰《つぶ》れてしまって、借金だけが、残ったんです。両親は、何とかしてもう一度、同じ食堂をやりたい。そういっているんです。しかし、それには、お金がかかりますから、何とか、退職金の前借りをして、それを長岡の両親に、送ってやりたいんです」

「君の両親が、中越地震の被災者かどうかは知らんし、それが事実なら、お気の毒だとは思うが、しかし、そのことは、ワシには何の関係もないことだ」

金子は、キッパリと、いった。

「それはそうなんですが、何とか五百万円あれば、両親は、もう一度、食堂がやれると、そういっているんです。ですから、何とか、五百万円貸していただけませんか？」

三宅は、さらに、食い下がった。

「バカなことを、いっちゃいけないよ。君の退職金は、今もいったように、どんなに、多くたって、せいぜい、百万円がいいところだ。それだって、ワシには、君に、そんな、退職金の前借りをさせてやる理由は、何もないんだよ。それも、五百万円なんて大金を、前借りさせてくれなんて、とんでもない話じゃないか」

社長の金子の顔が、だんだん、怖くなってくる。

「もちろん、無理なお願いであることは、自分でも、よくわかっているんですが、何とか、私の両親を助けると思って、五百万円を貸していただけませんか？　その代わり、この店で、あと十年二十年働いても、その時には、退職金は、一円も要《い》りません。私の両親にとって、五百万円という金が必要なのは、今なんです」

「だから、さっきからいっているじゃないか。君の両親が、中越地震の被災者かどうかは知らんが、それとワシとは、何の関係もないんだ」

「こんな話は、したくありませんが、去年の十二月の暮れに、ウチの景品交換所に、強盗が入った時、私がたまたま、その近くにいて、強盗と格闘をして左手にケガをしました。強盗は逃げたので、あの時、景品交換所にあった、五百六十万円の現金が無事だった。このことは、社長も覚えていらっしゃいますよね？」

「ああ、覚えている。しかし、だから、どうだというのかね？」

「別に、恩着せがましいことはいいたくないのですが、このことも少しは、考えていただけないでしょうか？　実は今日、借用書も用意してきたんです。五百万円貸していただければ、それを明日すぐ、長岡の両親に、送ってやりたい。それで、両親は、生きる希望が、湧いてくるんです」

「君は、ワシを脅迫するのかね？」

「とんでもない。脅迫なんかしていません。ただ、お願いしているだけです。いかがでしょう？　何とか、私の両親を、助けていただけませんか？」

「いくらお願いされても、ダメなものは、絶対にダメだ。いいかね、ウチの従業員一人一人が、今の君みたいに、家のこととか、家族のことをいい出して、みんなが、五百万円、六百万円貸してくれといったら、いったい、どうなると思うんだ？　たちまち、ウチの会社は、破産してしまう。そんなことができると、思うのかね？」

「そうですか、どうしても、前借りできませんか？」

「できるわけが、ないだろう。すぐに帰らなければ、人を呼ぶぞ。社長のワシを脅迫した。それだけでも、君をクビにできるんだ。そうだ、脅迫罪で、君を警察に、訴えてやる。そうすれば、退職金だって、一円も払わなくて済むんだぞ」

金子社長が、勝ち誇ったような顔で、いった。

三宅は、長岡の、仮設住宅に入っている両親の顔を思い浮かべた。

父も母も、今年で六十五歳になる。長岡の街で、小さな食堂をやっていた。ちょくちょく顔を出してくれる、お得意さんが、それなりについていて、両親は元気に働いていた。それが、あの中越地震で、一挙に、その生活が、崩れてしまったのだ。今、両親は家を失って、長岡市内の仮設住宅に入っている。その仮設も、二年で出なければならない。

今年の正月に会いに行った時、両親は、もう一度、あの食堂をやりたいと、いっていた。もし、それが、できれば元気が出る。そうもいっていたのである。

しかし、そのためには、差しあたって、最低でも、五百万円の金が要る。

それだけの金を、融資してもらえる目処《めど》は、今の三宅にも、両親にも、まったく立っていなかった。

それに、食堂の再建が、ダメなら、父も母もガッカリして、生きる意欲を、失ってしまうだろう。

「さあ、いい加減で諦《あきら》めて、サッサと帰りたまえ！　君は、いったい何を粘《ねば》っているんだ？　いくら粘っても、金は一円も出んぞ！」

金子社長が、大声で、怒鳴った。

「ウチの店『ラッキー』ですが、一日の売り上げは、どのくらいあるんですか？　最低でも五百万円くらいは、あるんじゃないですか？」

三宅が、きいた。

「ウチの店の売り上げが、いくらだって、それが、君と、何の関係があるんだ？　それとも、五百万円貸せといって、私のことをまた、脅《おど》かすつもりなのかね？」

「とんでもない、脅かしてなどいません。さっきから何度もいっているように、社長にお願いしているんですよ。必ず返しますから、お願いします」

三宅は、いきなり、床に手をついて、金子に向かって、頭を下げた。

「バカなマネは止《や》めろ！　そんなことをされると、不愉快になる」

金子社長が、逆に、ますます、不機嫌な顔になって、いった。

しかし、三宅のほうは、それには、構わず、さらに、

「お願いします。お願いします」

と、連呼した。

そんな三宅の姿を、眉《まゆ》をひそめて見ていた金子は、急に立ち上がると、近くにあったゴルフのクラブを手に取るなり、

「とにかく、ワシは忙しいんだ。今すぐ、帰らなければ、これで殴りつけるぞ」

と、いって、クラブを振りまわした。

そのヘッドが、床に手をついて、頭を下げていた三宅の額《ひたい》に当たった。

途端に、こめかみの皮膚が破れて、出血した。その真っ赤な血が、三宅を激怒させた。

カッとなり、思わず立ち上がると、三宅は、金子社長の手から、ゴルフクラブを奪い取った。

社長は狼狽《ろうばい》し、いきなり、机の上の電話の受話器を、手に取ると、

「おい！　一一〇番するぞ！　警察に電話するぞ！」

と、叫んだ。

それがさらに、三宅の怒りに、火をつける結果となった。

三宅は、ふるえながら、受話器を取った、金子社長を殴りつけていた。

金子が叫び声を上げながら、床に転倒した。頭から、血が噴出している。

三宅は、慌《あわ》てて、手に持っていたクラブを放り投げた。その後は、自分でも、何が何だかわからない、その場の勢いに、任《まか》せての行動だった。

社長室にあった、金庫に手をやった。錠は下りていなかった。たぶん、社長が、金

庫に入れた書類か何かを取り出している、ちょうどその時に、三宅が、社長室を訪れたからだろう。

金庫の中には、八百万円近い札束が、入っていた。

三宅は、その中から、五百万円だけを、奪い取ると、それを、背広の内ポケットに入れ、慌てて、社長室を飛び出していった。

2

江見《えみ》はるかは、今年の三月で、無事にF大学の経済学部を卒業した。

はるかは、用意しておいた、スーツケースの中に、卒業証書を入れた。今日で、四年間過ごした東京とは、おさらばして、郷里の新潟に帰るつもりである。

実は、はるかには、もう一つ、卒業、いや、そういって、おかしければ、退職といったらいいのか、そんなけじめのことがあった。というのは、はるかは、大学三年の時から二年間、新宿歌舞伎町《かぶきちょう》にあるクラブで、ゆかりという名前で働いていたのである。

クラブの名前は、「ルージュ」である。もちろん、大学にも、同級生にも、このことは内緒だった。

はるかは、大学に入学する時、一つの計画を立てていた。

大学で経済を勉強する傍《かたわ》ら、四年間で卒業するまでに、最低、一千万円の金を貯《た》めよう。そう考えて、新宿のクラブ「ルージュ」で働くようになった。

大学の四年間で、一千万円を貯めるつもりだったから、欲しいものは我慢したし、ムダなものは、一切買わなかった。そしてもちろん、特定の男に、貢《みつ》ぐこともなかった。

そして、何とか、目標の一千万円が貯まった。それを持って、郷里の新潟に帰り、四年間大学で習った、経済の知識を生かして、事業を始めるつもりだった。ベンチャー企業である。

そのクラブとも、昨日で、お別れした。クラブを辞めるのに、退職というのもおかしいが、しかし、彼女の考えでは退職のつもりなのである。

はるかは、そのプランにしたがって、大学の三年からは、住所を、大学と新宿歌舞伎町のちょうど中間に当たる、飯田橋《いいだばし》のマンションに移した。

1Kの小さな部屋だが、今まで住んでいたそのマンションには、いろいろな意味で、思い出が詰まっていた。

確か、エラリー・クイーンの小説に『途中の家』という作品があった。

彼女の頭の中では、この飯田橋のマンションが、その〝途中の家〟にピッタリだった。そのマンションで、はるかは、学生から、クラブのホステスに変身するのである。

実は、はるかは、同じマンションの中に、もう一つ、まったく同じ1Kの部屋を借りていた。

このマンションの中で、大学生からホステスへと変身する。そしてまた、仕事が終われば、ホステスから、大学生に戻る。二つの部屋は、そのために、どうしても必要だったのだ。

三階の三〇一号室には、大学の勉強のために必要な本や、パソコンや、あるいは、大学で、テニス部に入っていたので、テニスのラケットやボールを、置いておいた。そして、大学の友人たちが、遊びに来た時には、この三〇一号室を使っていた。

その真上にあった四〇一号室には、ホステスとして必要なものが、置いてあった。派手なドレスや、カツラや、それに化粧道具などを、置いた。

はるかは、江見はるかとしての生活をしていた三〇一号室と、ゆかりというホステスとして使っていた四〇一号室と、その両方の部屋に、今日、別れを告げようとしている。

三〇一号室と四〇一号室から、急に、若い女性が姿を消した。それを見て、人々は、いったい、どんなふうに、考えるだろうか？

そう思うと、はるかは、急におかしくなって、一人で、笑ってしまった。

はるかは、四年間過ごした東京には、何の未練もなかった。彼女にとって、東京は、大学を卒業するための、仮の住まいであり、また、一千万円を貯めるための、風俗の街でしかなかったからだ。

もともと、自分が、東京のような、大都会に向いているとは、はるかは、思っていなかった。その点、新潟は、ちょうど、自分に似合っている街だと思っている。

そして、たぶん、新潟のほうが、自分にとって、何かベンチャー事業をやるには、相応《ふさわ》しいだろうとも、思っていた。

中越地震が起きたが、考え方を変えれば、新潟は、これから、復興していかなければならない。再生である。

そう考えれば、かえって、新しい事業を始めるのは楽かもしれない。

はるかは、そんなふうに、楽観的に考えていた。

はるかは、時計に目をやり、それから、卒業証書を入れたスーツケースを手にして、二年間を過ごしたマンションをあとにした。

携帯で呼んでおいたタクシーが、マンションの前に停まっていた。乗ってから、

「新宿駅」

と、いった。

新宿駅から、二十三時九分（午後十一時九分）に発車する新潟行きの「快速ムーンライトえちご」に乗るつもりだった。夜行列車だが、寝台はない。

ただ、先頭の六号車は、女性専用車両になっていた。その車両に、はるかは、乗るつもりだった。切符は、すでに、三日前に買ってあった。

改札口を通り、はるかは、七番線のホームに上がっていった。

はるかの乗る「快速ムーンライトえちご」は、すでにホームに入っていた。以前、東海道線で、走っていた、昔懐《なつ》かしい特急の車両である。それが今、六両編成の「快速ムーンライトえちご」になって、新宿と新潟の間を、夜行快速として、結んでいる。

その先頭車に向かって、ホームを、歩いている時、一人の男とすれ違った。

身長は、一七五、六センチぐらい。痩《や》せていて、サングラスをかけ、帽子を被《かぶ》っている。そして、茶色の革ジャンパー。ありふれた格好《かっこう》の若い男なのだが、一瞬、はるかが気になったのは、帽子の下から、絆創膏《ばんそうこう》が、見えていたことだった。

ケガでもしたのか、男は、額に絆創膏を貼っている。それが気になったのだが、も

う一つ、気になったのは、その男の顔が、以前どこかで、見たことがあるような気がしたからである。

たぶん彼女が働いていた、歌舞伎町のクラブに来たことのある客の一人だろう。と、いっても、それほど、はっきりしたイメージが湧いてこないのは、男が常連客ではなくて、おそらく、年に二、三回ぐらいしか来ていない客なのかもしれなかった。

六号車の女性専用車両は、ピンクの内壁とエンジの座席で統一されている。「快速ムーンライトえちご」は、全席指定席である。

はるかは、自分の席に、腰を下ろすと、ホームですれ違った男のことは、もう、忘れてしまっていた。今から約六時間後には、この列車は、終点の、新潟に着いているはずだった。

定刻になって「快速ムーンライトえちご」は、新宿駅を離れた。

窓際に、腰を下ろしたはるかは、ぼんやりと、窓の外に、眼をやった。

別に未練のない東京の街だが、しかし、それでも、大学の四年間、そして、クラブで働いた二年間を過ごした街である。懐かしさがまったくないといっては、ウソになる。

人並みに、東京でのボーイフレンドもできたし、クラブで酔った客に、絡まれたことも、二度や三度はある。そんなことが、ふと、思い出されてきた。

しかし、列車が、高崎《たかさき》を過ぎた辺《あた》りから、いつの間にか、はるかは、目を閉じて眠ってしまっていた。

3

深夜の午前〇時七分警視庁捜査一課の、十津川《とつがわ》警部と彼の部下たちは、新宿歌舞伎町にあるパチンコ店「ラッキー」の社長室で、床に倒れて死んでいる、社長の金子の遺体を眺めていた。

さして広い、社長室ではない。

大きな机があり、その机のそばで、社長の金子は、うつ伏せに、倒れて死んでいた。

凶器も死体のそばにあった。ゴルフのクラブ、五番アイアンである。そのクラブの先端の、鉄の部分に、血がこびりついている。

そして、部屋や、凶器についた指紋を調べていた鑑識の青木《あおき》が、十津川に向かって、

「この凶器の指紋は、きれいに、消されてしまっているね。それに、金庫の取っ手の部分や、ダイヤルの部分の指紋も、消してありますよ」

金庫の中を調べていた亀井《かめい》刑事が、

「書類と一緒に、三百万円の札束が、見つかりました。金庫の扉が開いていましたから、犯人は、ここから、何かを盗み出して、それを持ち去ったと思われます。盗み出したのは、おそらく、札束でしょうが、なぜ、三百万円だけ残しておいたのか、それが、わかりませんね」

と、十津川に向かって、いった。

「その金庫の中に、いくら入っていたのか、わからないか？」

十津川が、きくと、西本《にしもと》刑事が、すぐ、死体発見者でもある、店の店長を呼んできた。

山田《やまだ》店長が、証言したところによると、少なくとも、八百万円は入っていたはずだという。

とすると、金子社長を殺した犯人は、八百万のうちから、五百万円だけ持って、逃げたらしい。

十津川は、店長の山田に向かって、

「社長を殺した犯人について、心当たりはありませんか？」

と、きいた。

「まったくありませんよ」

山田が、答える。

十津川は、そうした証言は、まったく、信じられなくて、苦笑して、

「しかし、普通に考えれば、歌舞伎町でパチンコ店を、経営していれば、いろいろと、あるんじゃありませんかね？　金子社長が、誰にもまったく、恨まれていなかったというのは、警察としては、ちょっとばかり、考えにくいんですがね」

「確かに、そうかも、しれませんが、私は、社長のプライベートなことまでは、知りませんので」

山田は、いいわけがましく、いった。

「今、あなたは、ここの金庫には、八百万円の現金が入っていたはずだといいましたが、いつも、そのくらいの金は、ここの金庫に、入っているんですか？」

「ええ、そのくらいの金は、入っているはずです。一日の売り上げが、そのくらいは、ありますから」

「今、店には、何人の人が、働いているのですか？」

「正式には、十五人です。私を入れて十六人です」

「その全員が、社長室の金庫には、いつも、八百万前後の金があるということを、知

っているんですね？」

「ええ、知っているでしょうね。この店の人間なら、たいていが、一日の、だいたいの売り上げぐらいは、わかりますから」

と、山田が、いった。

「この店の近くに、景品交換所が、ありますね？　そこには、いつも、どのくらいの金が用意されているのですか？」

「その日によって、多少は異《こと》なりますが、だいたい、いつも三百万円から五百万円ぐらいですね」

「その景品交換所ですが、そこには、社員が何人ぐらいいるんですか？」

「何人というか、一人だけですよ。今は小林由美子《こばやしゆみこ》という、六十歳の女性従業員が、一人で交換業務をやっています」

「だとすると、強盗に、狙《ねら》われやすいんじゃありませんか？」

「ええ、確かに、刑事さんのいわれる通りで、実際、去年の十二月にも、強盗に襲われましてね。しかし、その時には、ウチの従業員の一人が、強盗に組みついて、犯人を、逃がしはしましたが、景品交換所の現金は、無事でした。そんなこともあったので、今、景品交換所には、監視カメラなんかも、備えつけて、用心はしているんですが」

「それでは、店長である山田さんから見て、その景品交換所を狙って、現金を奪うのと、この社長室に忍び込んで、あの金庫から現金を奪うのとでは、どちらが、むずかしいと思いますか？」

「そうですね。もし、私が強盗をやろうと、思うのなら、絶対に、景品交換所のほうを狙いますよ。監視カメラが、ついているといっても、何しろ、そこで働いているのは、六十歳の女性従業員一人だけですからね。それに比《くら》べて、この社長室には、まず、入って来るのが大変だし、あの金庫から、大金を盗むのは、もっと大変ですよ」

と、山田は、いった。

「店の従業員は、全員が、この社長室の金庫の中に、大金が、入っているのを知っている。あなたは、そういわれましたがね、しかし、店の従業員以外の一般の人たちは、そんなことは、知らないでしょうね？」

十津川が、きくと、山田は、大きくうなずいて、

「ええ、おそらく、従業員以外は、そのことを、知らないでしょうね」

と、いった。

「それでは、従業員全員の名簿を、大至急出してもらえませんか？　われわれが、最

低でも知りたいのは、住所と名前、それから年齢です」

と、十津川が、いった。

そのあと、もう一度、床に倒れている死体に目をやった。

鑑識が、その死体を、仰向《あおむ》けに直して、写真を撮《と》っている。

ゴルフクラブのアイアンで、犯人が、被害者の頭を殴ったらしく、頭蓋骨《ずがいこつ》が割れて、大量の血が、床に流れていた。

検視官の中村《なかむら》が、その死体を調べた後で、十津川に向かって、

「死亡推定時刻は、今から、一時間以上前じゃないかな。すでに死後硬直は、始まっているし、血も乾いてしまっている。少なくとも、一時間以上前だよ」

と、自分の考えを、いった。

「死因は、やはり頭蓋骨陥没かな？」

十津川が、きくと、

「たぶん、それで、間違いないだろうが、詳しいことは、司法解剖をしてみないことにはいえないよ」

と、中村が、いった。

二十分ほどして、店長の山田が、従業員の名簿を持って、戻ってきた。

従業員十五人、店長の山田も入れて、全部で十六人分の名簿である。

「今日は、全員が、店で働いていたんですか？」

十津川が、きくと、山田は、

「いえ、二名休んでいます」

「その二名は、誰と誰ですか？」

十津川が、きいた。

「その名簿に名前のある、三宅修《おさむ》と、及川博司《おいかわひろし》ですが、この二人が、今日、店を休んでいます」

「この二名のほかの十四名は、今日、店が終わるまで、働いていたわけですね？」

「ええ、その通りです」

「その十四人の中の一人が、営業時間中に、こっそり、自分の持ち場を離れて、この社長室に来て、凶行に及んだ。そういうことは、考えられますかね？　ほかの従業員に、怪しまれずにですが」

十津川が、山田店長に、きいた。

「さあ、それは、どうでしょうかね。店の中には、至るところに、監視カメラがついていますし、店から、この社長室まで、上がってくるには、多少の時間が、必要です。

ですから、ここで働いている従業員が、誰にも知られずに、この社長室にやって来るというのは、かなり、むずかしいと思いますね」

と、山田が、いった。

「しかし、社長に用があれば、持ち場を離れて社長室に行っても、別に、咎《とが》められたりはしないでしょう?」

「確かに、それはそうですが、しかし、今日一日に限っていえば、私が、一回だけ社長に用があって、来ましたが、ほかの従業員が、社長に呼ばれてということは、ありませんでした。閉店後もそうです。ですから、私以外の従業員が、この社長室に来たということは、ちょっと、考えにくいですね」

「では、今日、店を休んでいる三宅修さんと、及川博司さんの二人が、何か個人的な用事で、社長室に来たということも、考えにくいですか?」

十津川が、きくと、山田は、少しばかり考えてから、

「いいえ、そんなことはありませんね。何か大事な用事があれば、社長に、勤務中でも、それ以外でも、いつでも、会えるはずですよ」

と、いった。

山田店長の話を、そのまま受け取れば、このパチンコ店「ラッキー」の従業員以外

の人間が、店内から社長室に入っていくことは、かなりむずかしそうである。

とすると、いちばん怪しいのは、今日、店を休んでいる三宅修と及川博司の、二人の従業員のどちらかということになる。

「この二人ですが、ここに、電話番号が書いてありますけど、これは、携帯電話の番号みたいに、見えますすね」

と、十津川が、いった。

「ええ、刑事さんのおっしゃる通り、どちらも、携帯電話の番号です。今時の若い従業員は、自分が住んでいるアパートや、マンションに固定電話なんか、引きませんからね。みんな、携帯電話を、使っているんですよ」

山田が、笑いながら、いった。

十津川は、その名簿を、日下《くさか》刑事に渡してから、

「この二人に電話をかけてみてくれ。もし、電話に出たら、今から、一時間半前、午後十一時までのアリバイをきいてみるんだ」

日下刑事は、自分の携帯を使って、三宅修と、及川博司の二人の、携帯に電話をかけていたが、その後、十津川に向かって、

「及川博司のほうは、すぐに、電話に出て、午後十一時の、アリバイも確認できまし

たが、三宅修のほうは、何度かけても、電話口に出てきません」

と、告げた。

三宅修は、世田谷区代田《せたがやだいた》のアパートが、住所になっていた。

十津川は、西本と日下の二人の刑事に、向かって、

「君たちは、今から、この三宅修の住所に、すぐ、行ってみてくれ。もし彼がいなかったら、どこに行ったのか、それを調べるんだ」

二人の刑事が、すぐ、現場を飛び出していった。

鑑識の一人が、

「警部、ちょっとこっちに、来てくださいませんか?」

と、十津川を、呼んだ。

その鑑識課員が、指差すところを見ると、死体と反対の方向の壁に、わずかな、血痕《けっこん》がついているのが、わかった。

「この壁についている血痕なんですが、どうやら、被害者のものではないような気がするんですよ。被害者が、倒れていたのが、向こうの床の上で、こちらは、そこからかなり離れた壁際ですからね。被害者の血が、ここにもつくということは、常識では、ちょっと考えづらいんです」

と、鑑識課員が、いった。

「すると、こちらは、犯人の血痕ということになるのか？」

十津川が、きいた。

「現時点では、まだはっきりと、断定はできませんが、その可能性は、ひじょうに、高いと思います」

若い鑑識課員が、いった。

もし、この鑑識課員の想像が、正しければ、犯人も、負傷していることになる。

金子社長の死体は、司法解剖のために、運び出されていった。

その後、十津川たちが、社長室を、調べていると、西本刑事から、電話が入った。

「今、日下刑事と、世田谷区代田の、三宅修のアパートに来ています。三宅は、この二階建ての、木造アパートの二階の隅を、借りているんですが、部屋の中に、彼の姿は、見当たりません」

「行き先は、わからないのか？」

「わかりません。大家さんが、近所にいるだけで、管理人もいないアパートですから、誰にきいたらいいのか、困っています」

「部屋の様子は、どうなんだ？」

「六畳一間に、小さなキッチンが、ついていますが、バスルームはありません。部屋の中はガランとしていて、安物のベッドとテレビなんかが、あるだけです」

「それでは、君たちは、そこにいて、もし、三宅修が帰ってきたら、すぐに、任意同行で、こちらに連れてきてくれ」

十津川は、いった。

その後で、十津川は、店長の山田に、

「この三宅修という男ですが、どんな男ですか？」

と、きいた。

「確か、年齢は、二十八歳だったと思いますね。ウチの店で、働くようになってから、五年になります」

と、いった。

「勤務態度は、どんな具合ですか？」

「遅刻や欠勤もなく、大変真面目《まじめ》に働いていますよ。特に、問題はありません。ああ、それに、さっき刑事さんに、申し上げた、ウチの景品交換所が、襲われた時ですが、その三宅が、強盗に組みついて、負傷しながら、強盗を、追い払ったんですよ。お陰で、景品交換所の現金が、奪われずに、済んだんです。それで確か、その時に、社長から金一封をもらったはずです」

　山田が、微笑しながら、いった。

「つまり、模範的な、真面目な従業員ということですね？」

「その通りです。それで、確か、今年になってから、昇給したんじゃなかったですかね」

「この三宅修ですが、お金に、困っていたということは、ありませんでしたか？　例《たと》えば、サラ金から借金をして、返済に困っていたということなんですが」

「いや、そんな、借金があるというようなことは、まったく、きいていませんね。今もいったように、彼は真面目な人間で、酒もタバコもやりませんからね。もちろん、薬なんかにも、手を出していませんよ。それは、私が保証します」

　店長は、はっきりと、いった。

「この男ですが、郷里はどこですか？」

「確か、長岡だったと、思いますね、新潟県のね。いつだったか、中越地震で、実家が潰れてしまった。それで、両親が、現在、仮設住宅に入っている。そんな話を、きいたことがありますから」

「仮設住宅ですか？」

「ええ、長岡市内の仮設住宅に入っている。そういっていましたね」

山田が、くり返した。

この日、午前二時を過ぎても、三宅修は、世田谷区代田の、自宅アパートには帰ってこなかった。

4

午前二時五分、「快速ムーンライトえちご」は、高崎と長岡の間を、走っていた。長岡に着くのは、午前三時三十九分である。

三宅修は、三号車の座席に、腰を下ろして、窓の外の、暗い夜景に目をやっていた。三号車は、半分ぐらい座席が、埋まっている。眠ってしまった乗客が、多いのか、軽い寝息がきこえてくる。

だが、三宅は、とても、眠れなかった。ゴルフクラブで、頭を殴られたことによる痛さももちろんあるが、それよりも、自分が殴り殺してしまった、金子社長の死体が、目に焼きついて、離れなかったからである。

どうして、こんなことになってしまったのか？

そのことが、三宅の脳裏《のうり》を、駆けめぐっている。

三宅は、五年間、歌舞伎町のパチンコ店「ラッキー」で働いた。

社長の金子は、さほど悪いウワサのある人間では、なかった。それよりも、どちらかといえば、従業員と、社長である自分とは、親子の関係だと、いつも、口癖《くちぐせ》のようにいっていた社長である。

もちろん、三宅は、その言葉をそのまま、真《ま》に受けたわけではなかったが、しかし、自分の両親が中越地震の被災者で、そのことを話して頼めば、五百万円ぐらいの金は、貸してくれるのではないかと、考えていた。何しろ、自分は、五年もの間、一生懸命働いてきたのである。

それに加えて、去年の暮れに「ラッキー」の景品交換所が、強盗に襲われた時、危険を顧《かえり》みずに、それを追い払って、店の金を、守ったということもある。

あの時、社長から感謝されて、金一封をもらった。そのことは、もちろん、社長も覚えているだろう。

それなら、何とか、五百万円を貸してもらえるのではないか？　そう甘く考えて、今日、店を休んでいたが、特別に、電話で頼んで、社長に、会ってもらったのである。

しかし、その結果、社長と従業員の関係は、親子の関係だという、金子社長の言葉は、まったくの、ウソであるということが、三宅には、よくわかった。

それどころか、いざ、金の話を切り出すと、社長の強欲さが、そのまま現われて、三宅を大いに失望させた。いや、失望させたというよりも、怒らせたといったほうが、いいかもしれない。

その上、三宅が、床に手までついて頼んだというのに、金子は激昂《げっこう》して、いきなり、ゴルフの五番アイアンで、殴りつけてきたのである。

それで思わず、三宅のほうも、カッとしてしまい、気がついたら、逆に、金子社長をクラブで殴り殺してしまっていたのである。

今、三宅の背広の、内ポケットには、五百万円の札束が入っている。

(俺は、人を殺した上に、金を奪ってしまった。強盗殺人か。しかし、あの時、ほかにどんな方法が、取れただろうか?)

と、三宅は、考えてしまう。

おそらく、今頃は、社長室で金子社長の死体が発見されて、警察が、やって来ているだろう。

社長室を出る時、三宅は、自分の指紋は、すべて消したつもりだったが、しかし、彼はあの時、狼狽していた。だから、果たして、その全部をきれいに、拭《ふ》き取ったかどうかは、自信がなかった。

いや、たとえ全部の指紋を、きれいに拭き取ったとしても、社長が殺され、社長室の金庫から、五百万円もの大金が盗まれたのだ。当然、警察は、「ラッキー」の従業員に、疑いの目を向けるだろう。

そうなれば、東京のアパートから、急に姿を消した自分が、真っ先に、疑われるに決まっている。それは、誰が考えても、明らかなことだった。

だが、警察に捕まる前に、この五百万円を、長岡の仮設住宅にいる、両親に渡してやりたい。三宅には、今は、それしか、考えることができなかった。

列車は、あと一時間半足らずで、長岡に到着する。

そうしたら、まっすぐ、長岡市内の仮設住宅に行き、五百万円を両親に渡して、自分は、どこかに、姿を消してしまおう。

三宅は、そう考えていた。

三宅は、ポケットから、新宿駅の構内で買ってきた、缶コーヒーと菓子パンを取り出して、食べ始めた。気持ちは、絶望に近いというのに、食欲だけがあるのが、自分でも不思議だった。

菓子パンを二つ食べ、缶コーヒーを飲んだ。

目を閉じてみる。

しかし、眠るのはやはり、無理だった。どうしても、頭から、大量の血を噴《ふ》き出して、倒れている金子社長の姿が脳裏に蘇《よみがえ》ってきて、離れないのである。

その時、不意に、ポケットに入っていた、携帯が鳴った。思わず、三宅は声を上げるところだった。

こんな時間に、彼の携帯に、電話をかけてくる人間は、いない。たぶん、警察が探しているのだろうと、三宅は、思った。警察は、三宅の携帯番号を調べて、かけているのだろう。

一時間半前にも、電話が鳴った。あの時も、ビクついてしまったのだが、今と同じように、警察が、かけているのだろうと思って、電話には、出なかった。

今度も同じことしか、考えにくい。だから、鳴るに任せておいた。
十二、三分の間に何回か鳴っていたが、やがて、電話は鳴り止んだ。
三宅は、席を立って、デッキまで行くと、今度は、携帯を使って、長岡の仮設住宅にいる両親に、かけてみた。この時間では眠ってしまっているだろうと、三宅は思ったが、しかし、すぐに、母親が電話に出た。

「僕だよ」

三宅は、小声で、いった。

その後で、警察がいるはずのないこのデッキで、別に、小声になる必要はなかったのだと思い直して、もう一度、

「今、長岡に、向かっているんだ」

と、声を少し大きくして、いった。

「何ですって？」

と、母親が、きく。

三宅の言葉の意味が、よく、わからなかったらしい。

「今、新潟行きの、夜行列車に乗っているんだ。それで、長岡に向かっている。この列車が長岡に着くのは、午前三時三十九分だからね。駅に着いたら、すぐに、タクシーに乗って、そちらに、向かうつもりだよ。たぶん、四時ちょっと過ぎには着くはずだから、父さんと一緒に、起きて待っていてくれないか？　どうしても、父さんと母さんに、渡したいものがあるんだよ」

と、三宅は、いった。

「本当に、今日の四時に、こっちに、来るのかい？」

「ああ、行くよ。いいかい、午前四時ちょっと過ぎには、仮設住宅に、着くんだ。だから、起きていて、もらいたいんだよ。今もいったように、父さんと母さんに、どうしても、渡したいものがあるからね」

三宅は、くり返した。

「それじゃあ、父さんも、起こして待っているからね」

と、母親が、いった。

「ああ、待っていてくれよ」

と、いって、三宅は、電話を切った。

5

六号車の、女性専用車の中で、はるかは、ウトウトとしていたが、携帯電話が鳴ったので、目を覚ました。

「母さんだけど、起きているかい?」

と、相手が、きいた。

「ああ、母さん。ええ、起きているわよ。ちょっと待ってね」

はるかは、いい、スーツケースを持って、座席から、デッキまで歩いていった。

「私ね、今、新潟に向かう列車に乗っているの」

と、改めて、はるかが、いうと、母親は、安心したような口調で、

「やっぱり、今日で、間違いなかったんだね。今日、帰ってくるんだろう？」

と、いった。

「だから、いっているじゃないの。今、新潟に、向かってるって」

はるかが、いった。

はるかが、高校三年生になった時、両親は離婚し、それ以降、母は新潟市内で、小さな文具店をやっている。場所は、小学校の近くなのだが、小さな店なので、売り上げは、たかが知れている。

そんな母に迷惑はかけられなくて、東京の大学に入ってから、はるかは、一、二年の時も、アルバイトをしていたし、三、四年の時は、クラブで、働くことになった。

一千万円貯めたのも、故郷の新潟で、ベンチャー企業をやるつもりだったし、早く事業に成功して、母に、楽をさせてやりたいという気持ちもあった。

「本当に今、列車に、乗っているのかい？」

母親の文子《ふみこ》が、また、確かめるように、きく。

「今、ちょうど高崎と、長岡の間くらいかしら。新潟に着くのは四時五十一分。だいたい五時だわ。着いたら、まっすぐ、そちらに向かうから」

と、はるかは、いった。

「じゃあ、もうずっと新潟に落ち着いてくれるんだね？」

「もちろん、新潟に、帰るつもりで、この列車に乗ったんだから、東京には、何の未練もないわ。新潟に帰ったら、何か事業を始めたいの」

と、はるかが、いった。

「こっちに着くのは、何時だったっけ？」

「午前五時前。家に着くのは、五時半くらいに、なると思うわ」

「何か食べるもの、用意しておいてあげるよ。何がいい？」

と、母が、きく。

「そうね。母さんの得意な、オムライスでも作っておいてちょうだい」

そういって、はるかは電話を切り、自分の席に戻っていった。

午前三時五分、あと三十分あまりで、列車は、長岡に到着する。

第二章　失踪

1

江見はるかの母親、文子は、さっきから何度、時計に目をやったことだろうか？

娘のはるかが、遅くとも午前五時半までにはそちらに着くから、自分の好きなオムライスを作って待っていてくれと、列車の中に電話をかけた時、いっていたのだ。

時計はすでに、午前五時半を、過ぎている。だが、まだ、はるかは、帰ってきていない。

はるかの携帯電話を呼び出してみたが、なぜか、つながらなかった。

はるかの乗っている「ムーンライトえちご」は、新潟に四時五十一分に着く。そのことは、文子も確かめてある。

その時刻に到着していれば、五時二十分頃までには、新潟市内のここに帰ってきていなければおかしいのだ。

それが、もう二十分も遅れている。

何か列車事故でもあったのだろうか？　それとも、列車を降りたあと、乗ったタクシーが、どこかで、事故でも起こしてしまったのだろうか？

文子の頭には、そんな、不吉なことばかりが浮かんできてしまう。

文子は、JR新潟駅の電話番号を調べてから、そこに、電話をかけてみた。

「午前四時五十一分に到着する『ムーンライトえちご』は、定刻に着いたんでしょうか？」

と、きくと、駅の案内係は、

「ええ、定刻の四時五十一分に着きましたよ」

と、答えた。

それなら、どうして、この時間になっても、娘のはるかは、家に帰ってこないのだろうか？

こうなると、ますます、はるかの乗ったタクシーが、帰る途中で事故を起こしてしまったのではないかという気がしてきた。しかし、事故が起きたのかどうか、どうやって、調べたらいいのだろうか？

文子は、テレビをつけてみた。

午前六時の、NHKのニュースをやっている。しかし、新潟市内で交通事故が起きたというニュースは、流れなかった。

折角作ったオムライスは、すでに冷めてしまっている。

六時半になった。が、依然として、娘のはるかが、帰ってくるような気配はない。

文子は、居たたまれなくなって、電話でタクシーを呼ぶと、それに乗って、新潟駅まで行ってみることにした。

車で七分、八分で、新潟駅に着く。

その途中、文子は、道の両側を、真剣な目で、必死に見まわしていた。

はるかが、タクシーで家に戻ってくるとしても、この道を通るはずである。もし、そのタクシーが事故を起こしたのなら、道路のどこかに、事故を起こした痕跡《こんせき》が残っているはずだった。それに、パトカーだって、来ているかもしれない。

しかし、そんな形跡《けいせき》は、まったく見られなかった。

新潟駅に到着すると、文子は、駅の案内所に足を向けた。そこで、文子がきいたのは、「ムーンライトえちご」のことだった。

「四時五十一分着の『ムーンライトえちご』は、間違いなく、その時刻に、着いたんですか？」

文子が、きくと、案内所の駅員は、

「ええ、ちゃんと、その時刻に着きましたよ。一分の遅れも、ありませんでした」

「それで、何もなかったんですか？」

「何もなかったというのは、どういうことでしょうか？　申し訳ありませんが、私には、あなたのいっている意味が、よくわかりませんが」

駅員が、当惑した顔で、きき返す。

「乗っていた人たちは、無事に、みんな、降りたんでしょうか？　車内で病気になって、救急車で運ばれたような人は、いなかったんでしょうか？」

「そんな人は、一人も、いませんでしたね。お客さんは、全員無事に、列車から降りていますよ。そのあと、車内も調べましたが、お客さんは一人も、残っていませんでした」

「『ムーンライトえちご』の時刻表は、ありますか？　新宿から新潟までの時刻表なんですけど」

文子が、きくと、駅員は、変な顔をして、

「もちろんありますが、どうして、そんなものが、欲しいんですか？」

「実は、ウチの娘が、四年ぶりに、今日、東京から、帰ってくることになっているんですよ。娘に途中で電話をかけたら、昨夜の『ムーンライトえちご』に乗った。四時五十一分には、列車が新潟に着くから、五時半までには、家に帰れる。そういってたんですけど、この時間になっても、まだ、帰ってこないんですよ。だから、途中で何かあったんじゃないかと思って、それで心配しているんですけどね」

文子は、娘のはるかの、写真を見せながら、そういった。

駅員は、まだ、半信半疑の表情だったが、必死の形相《ぎょうそう》の文子に同情したのか、

「これが、『ムーンライトえちご』の時刻表ですが、お嬢さんは、この列車の中で電話を、取ったのですか？」

「ええ、もちろん、この列車の中です」

「列車が、どの辺を走っている時に、電話をかけたんですか？　それが、わかりますか？」

「確か、娘は、今、高崎と長岡の間を走っている。そういっていたんです」

「そうなると、時刻表によれば、午前三時頃かな？　電話をかけた時間は、覚えていますか？」

「ええ、確かに、三時過ぎでした」

「じゃあ、間違いなく、その辺《あた》りを、走っている時なんだ。時刻表によると、この列車は、終点の新潟までの間に、長岡、見附《みつけ》、東三条《ひがしさんじょう》、加茂《かも》、新津《にいつ》と停まりますから、ひょっとすると、娘さんは、そのどこかで、降りたんじゃありませんか？」

「そんなことは、絶対にありません」

文子は、ムキになって、いった。

「だって、娘は、新潟に到着したら、すぐにタクシーを拾って、帰るから、午前五時半までには家に着く。だから、オムライスを作って待っていてくれ。電話で私に、そういったんですよ。だから、私はオムライスを作って、待っていたんです。それでも、この時間になっても、娘が帰ってこないから、こうして心配して、駅まで来ているんです。その娘が、新潟の手前のどこかの駅で、列車から、降りてしまうなんてことが、あるわけがないじゃありませんか」

「確かにそうですが、お宅には、どなたか、ほかの方が、いらっしゃるのですか？」

「いいえ、誰もいません。私一人だから」

「じゃあ、入れ違いに、娘さんが、家に帰っているということも、考えられるんじゃありませんか？」

と、駅員が、いった。

文子は、駅員にいわれて、自宅に電話をかけてみた。

しかし、いくらかけても、誰も応対に出ようとはしない。まだ、娘は、帰っていないのだ。

「どうしたらいいんでしょうか？」

文子は、不安が、高まってくるのを、感じながら、駅員に、きいた。

駅員も困った表情になって、

「そうですね。この駅の前に、交番がありますから、そこで、相談してみたらどうですか？」

と、いってくれた。

2

文子は、駅前の交番に、急いで、足を運んだ。そこには、巡査が二人いた。

最初、文子が、焦って早口で話したので、二人の巡査は、文子のいう意味が、よく呑込《のみこ》めなかったらしい。

しかし、文子が、娘はるかの写真を、見せながら、何度も同じことを、くり返すと、やっとわかったという顔になって、年かさの巡査のほうが、

「そうですね。まず、娘さんの捜索願を書いてくれませんか。こちらでも、何とか調べてみますから」

と、いってくれた。

文子は、渡されたボールペンで、捜索願を書くことになった。

五十年配の巡査は、それを見ながら、

「写真で見ると、なかなかの、美人ですが、本当に、四年ぶりに、帰ってくるんですか?」

と、きいたりした。

「娘は、東京の大学に、行っていたんですよ。正月などには、戻ってきていましたけど、やっと、今年卒業して、四年ぶりに帰ってくるんです」

「娘さんは、お一人ですか?」

若いほうの巡査が、きく。

文子は、ボールペンを、動かしながら、

「ええ、ウチは、母一人、子一人なんですよ。それで、大学を卒業して、東京で就職

することにでもなったら困るなと、内心心配していたら、新潟に帰って、こちらで、仕事をすることにしたといってくれたので、ホッとしていたんですよ。それなのに、こんなことになってしまって」

「娘さんは、本当に、『ムーンライトえちご』に乗っていたんですね？」

年かさの巡査が、改めて、確認するように、きいた。

「ええ、何でも、あの列車は、六号車が女性専用車になっている。それで、安心して乗れるから、この列車で、新潟に帰ることにすると、娘は、いっていたんですよ。それに、列車の娘に電話をかけた時は、今、高崎と長岡の間を走っている。新潟に着くのは、四時五十一分だから、五時半までには、家に着けると思う。だから、私の好きなオムライスを作って、待っていてくれ。娘は、そういっていたんです。それなのに、いなくなってしまって。どうかしたんでしょうか？　何か、あったんじゃないでしょうか？」

「それは、こちらでは、何とも、わかりかねますが」

と、年かさの巡査は、いってから、同僚の若い巡査に向かって、

「君、駅に行って、今日着いた『ムーンライトえちご』の車内で、何か問題がなかったか、きいてきてくれ」

と、いった。

若い巡査は、すぐに、交番を出て、駅に向かっていった。

その間に、文子は、捜索願を書き終えて、

「これでいいんでしょうか？」

「ああ、これで、いいですよ。今、同僚の巡査が、駅に行って事情をきいていますから、何か、わかるかもしれない。ここで少し、待っていたらどうですか？」

と、いってくれた。
十五、六分して、若い巡査が、戻ってきた。
「何かわかったか？」

年かさの巡査が、きく。

「運よく、今日の『ムーンライトえちご』の車掌が、見つかったので、話をきいてきました。その車掌の話では、新宿を出てから終点の、新潟に着くまで、車内では、別に事件らしいことは起こっていない。そういっていました」

「事件らしいことというのは？」

「車内で、お客同士がケンカをしたとか、急病人が出て、途中の駅で、降ろしたとか、そういうことですが、車掌の話では、そのどちらもなかったと、そういっています」

「ウチの娘は、本当に、その『ムーンライトえちご』に、乗っていたんでしょうか？」

文子が、若い巡査に向かって、きいた。

「しかし、娘さんは、あなたに、この列車に乗っていると、そういったんでしょう？」

「確かにそうなんですけど、ひょっとしてと、思ったものですから」

「君はもう一度、娘さんの写真を、持っていって、車掌にきいてみてくれないか？」

年かさの巡査が、いい、若い巡査はまた、江見はるかの顔写真を持って、飛び出していった。

今度は、すぐに戻ってくると、文子に向かって、

「車掌に、この写真を、見せましたが、覚えていないようですね。女性専用車には、二十五、六人が、新宿から乗っていたと、そういっていました。途中の駅で少しずつ降りて、終点の新潟では、十二人が降りた。これは、六号車だけの乗客なんですが、その中に、果たして、この写真の女性がいたかどうかは、覚えていないと、車掌は、いっているんですよ。何しろ、『ムーンライトえちご』は、六両編成ですからね。ほかの車両にも、何人かの女性が乗っていたようですから、車掌が、一人だけ、特定の

乗客を覚えていなくても、仕方がないと思うのですが」

と、申し訳なさそうに、いった。

文子は、仕方なく、交番を出て自宅に帰ったが、やはり、娘のはるかは、帰ってきていなかった。

3

十津川たちは、捜査本部の置かれた、新宿警察署で、朝を迎えた。

犯人が負傷している可能性があると考え、事件の起きた昨夜、三月三十一日の深夜に、歌舞伎町周辺の病院で、手当てを受けた男がいないかどうかを問い合わせてみたのだが、どこの病院からも、そうした男が来たという回答は、なかった。

こうなると、犯人のケガは軽傷であって、おそらく、自分で手当てをして、逃亡したのだろう。

夜が明けて、今日は、容疑者、三宅修の立ちまわりそうなところを、徹底的に調べることになった。

まず第一に、十津川が考えたのは、三宅の両親のことだった。

　三宅が勤めていたパチンコ店「ラッキー」の店長、山田の話によると、三宅の両親はまだ健在で、郷里は長岡。両親は、その長岡市内で、小さな食堂をやっていたが、中越地震で店が全壊してしまい、現在は仮設住宅に入っているということだった。

　しかし、両親の入っている、仮設住宅の電話番号は、わからないという。いや、電話がついているかどうかも、わからないという話だった。

　十津川は、長岡市役所の広報課に電話をかけ、こちらが警視庁の刑事であることを、告げてから、

「長岡市内の仮設住宅に、三宅夫妻が住んでいるはずなんですが、何とか、連絡が取れないかと、そう思っているんです。もし、そちらで、電話番号がわかれば、教えていただきたいのですが、父親の名前は、三宅修平《しゅうへい》、母親のほうは、三宅聡子《さとこ》ですが」

と、いうと、

「わかりました。すぐに調べます」

と、広報の担当者は、いってくれた。
　五、六分してから、やっと電話が入って、
「その三宅夫妻ですが、仮設住宅には電話が入っていません。ただ、携帯を持っていますので、その番号をお教えします」

教えられた携帯に、電話をかけてみる。しかし、すぐには、相手が出なかった。間を置いて、もう一度かけてみると、やっと男の声が出た。だが、低い声で、

「もし、もし」

というだけで、名前をいおうとはしない。

「三宅さんですね？」

と、十津川が、きいた。

「はい、そうですが」

と、いう。

相変わらず、言葉は短いし、声は小さい。

「息子さんの名前は、三宅修さんじゃありませんか？」

「はい、そうですが」

「その息子の修さんですが、今、東京の新宿にある『ラッキー』というパチンコ店で働いていますね？」

「息子のことは、よく知りませんが」

相変わらず、声が小さい。どうもこちらを警戒している感じがした。

そこで、十津川は、

「こちらは、警視庁の者ですが、実は、お宅の息子さん、三宅修さんを、探しているんですよ。それで、そちらに帰っていないかと思いまして、電話をしてみたのですが、帰っていませんか？」

と、きいた。

「いや、息子は、こちらには帰ってきておりません」

今度は少し、声が大きくなった。

（どうも、おかしい）

十津川は、そう思いながら、

「本当に、帰っていませんか？」

「ええ、帰っておりません。東京の、その『ラッキー』という店で、まだ働いているんじゃありませんか？　ウチには、このところ、何の連絡もありませんから」

三宅修平が、今度は、急に、雄弁になった。

必死になって、何かを隠そうとしている。十津川には、そんな感じがした。

「本当のことを、答えていただかないと、困るんですがね」

「本当のことって、なんですか？　私は、さっきから、本当のことをいっていますよ。息子は、こちらには、帰ってきておりません」

「実は、息子さんの三宅修さんは、こちらで事件を起こしていましてね。それも、殺人事件なんですよ。それで、捜査しています。息子さんは、おそらく、郷里の長岡に逃げたのではないかと思って、それでお電話をしたのですが、もし、そちらに息子さんが帰ってきているのなら、すぐに自首していただかないと、大変なことになるんですよ。ですから、正直に、話していただけませんか？　もう一度おききしますが、息子の修さんは、そちらに、帰っているんじゃありませんか？」

「いや、帰っておりません。本当に、帰っておらんのですよ。お疑いなら、こちらに来て調べてください」

今度は、相手の声が、少し強くなった。

「昨夜遅く、修さんから、そちらに、電話がありませんでしたか？」

「いや、ありません。今もいったように、ここのところ、息子とは、まったく、連絡を取っていないんですよ」

「今も申し上げたように、東京の新宿で殺人事件が起きましてね。修さんは、その容疑者なんです。もし、修さんが、そちらに帰っているのならば、すぐに自首をするように、勧《すす》めていただけませんか？」

「だから、こちらも、正直に、申し上げているんですよ。息子は、こちらには、帰ってきておりません。ここ何カ月か、帰ってきておらんのです」

父親の三宅修平が、くり返す。

十津川は、電話機の送話口を、手で押さえてから、西本と日下の二人を呼んだ。

「すぐ長岡に行ってくれ。長岡の市内にある仮設住宅に、三宅修の両親が住んでいる。どうも、電話の様子では、彼は、長岡に戻っているようなんだ」

西本と日下の二人が、すぐ捜査本部を飛び出していく。

その後、十津川は、送話口を押さえていた手を離してから、

「そちらの様子は、どうですか？」

と、話題を変えた。

「こちらの様子？　何のことですか？」

相変わらず、父親の修平は、切り口上で、いった。

「中越地震で食堂が潰れて、今、仮設住宅でお暮らしときいたものですからね。どんな具合かと思いまして」

と、十津川が、いった。

「どうもこうもありませんよ。このままでいけば、私ら夫婦は、生きる望みを失ってしまうかもしれません。とにかく、借金して、やっと始めた店が、あの地震で全壊し

てしまったんですからね」

　怒った口調で、修平が、いった。

「それなら、東京にいた息子さんも、心配しているんじゃありませんか？」

「息子が心配しても、どうにも、なりませんよ」

「どうしてですか？」

「潰れた店だって、借金をして開いたものですからね。その借金だって返さなきゃなりませんし、新しく、金を借りたくても、銀行は、そう簡単に、貸してくれません」

　修平は、そんなことを、いった。

「それなら、なおのこと、息子の修さんは、心配して、時々、電話をかけていたんじゃありませんか？　昨日も、そちらに、電話をしたんじゃありませんか？」

「いや、電話なんか、ありません。何回もいいますけど、ここ二、三カ月、何の連絡もないんです」

「どうしてですかね？　たった一人の、息子さんじゃないんですか？」

「それはそうですが、修が、東京で働いて、手に入れる金だって、たかが、知れていますよ。そんな息子を頼ったって、何の足《た》しにも、なりませんからね。息子だって、それを知っているから、電話をかけてこないんですよ。こちらだって、息子に、重荷を背負わせちゃいけないと思うから、電話はしませんｖ。そういうものですよ。とにかく、息子は、こちらには、帰ってきていないんですからね。これでわかってください」

　そういって、向こうは、電話を切ってしまった。

「どんな様子ですか？」

　亀井が、十津川に、きいた。

「息子の修は、帰ってきていない。それどころか、ここ二、三カ月は、何の連絡もない。そういっていた」

「その言葉、信用できそうですか？」

　亀井が、きく。

　十津川は、笑って、

「いや、まったく、信用できない。明らかに、ウソをついているね。間違いなく、容疑者の三宅修は、長岡の実家に、帰っていると思うよ」

「三宅の両親は、現在、長岡の仮設住宅住まいですか？」

「そうらしいね。中越地震が起きる前までは、長岡市内で、食堂をやっていたそうだ。銀行から借金をして、その店を開いたのに、中越地震で、店が全壊してしまった。両親は、もう一度、店をやりたいらしいが、何しろ、銀行の借金があるから、新しく金を貸してくれそうにない。そんなことをいっていたな」

「もしかすると、それが、動機かもしれませんよ」

亀井が、いった。

「今、私も、カメさんと同じことを、考えていたんだ。長岡で仮設住宅住まいをしている両親は、もう一度、店をやりたいと、思っているが、銀行の借り入れができないから、絶望的になっている。そこで、新宿のパチンコ店に、勤めていた一人息子の修が、何とかして、その金を、作ろうとして社長を殺してしまい、社長室の金庫から五百万円を奪って、郷里に帰った。そんなところかもしれないと思ったよ」

「確か、社長室の金庫の中には、まだ、三百万円の札束が残っていましたね。だから、八百万円あって、三宅修は、その中から、五百万円だけ奪って、逃げたんですよ。ということは、つまり、五百万円あれば、何とか、両親がもう一度、店をオープンできる。そういうことが、あったんじゃありませんかね？」

「たぶん、そうだろう。三宅修は、長岡に帰って、仮設住宅にいる両親に、その奪った五百万円を、渡したんじゃないだろうか？　だから、父親のほうは、ムキになって息子を庇《かば》っている。おそらく、そんなところだろうね」

十津川は、亀井に向かって、そういった。

「パチンコ店『ラッキー』の社長が殺されたのは、確か、昨夜の、午後十時から十一時くらいまでの間だと、報告が、きています。その時間に、三宅修は、社長を殺し、五百万円を奪って逃げた。その時刻に、長岡に帰れる乗り物が、あったでしょうか？新幹線は、もう動いていないはずです。車ですかね」

亀井が、いうと、十津川は、時刻表を、亀井に渡して、

「調べてみたら、丁度《ちょうど》いい列車があるんだよ。新宿発の夜行列車がね。新宿を二十三時九分に発車する『ムーンライトえちご』、これに乗れば、長岡には、三時三十九分に着く。たぶん、三宅修は、この列車に乗って、郷里の長岡に、向かったのだろう。もし、そうなら、今から六時間以上前に、長岡に着いているはずだ」

「そんな夜行列車が、あるんですか」

「カメさん、三宅修は、確かに人殺しをした。その上、五百万円を奪っている。これは、重大な犯罪だ。しかし、彼の両親が、中越地震で、やっていた店を失って、仮設住宅に住んでいる。そうきくと、何となく、三宅修という男が、可哀想になってくるな」

「同感ですね。地震という災害は、尾を引きますからね。特に、中越地震の場合は、

地震の後、雪害が重なって、去年から今年にかけて、雪のために何人もの人が死んでいます。それを考えると、胸が痛みますよ。といっても、私には、何もできないのですが」

亀井が、小さく溜息《ためいき》をついた。

「しかし、だからといって、殺人犯の三宅修のことを、見過ごすわけにはいかない。何としてでも逮捕しなければならないんだ。西本と日下の二人は、新幹線で長岡に向かえば、遅くとも、今日の昼過ぎには、向こうに着くだろう。もし、こちらの想像が当たっていて、三宅修が、両親のところに帰ってきていれば、すぐに逮捕できるはずだ」

と、十津川は、いった。

4

江見文子は、どうしても、じっとしていることが、できなくなって、東京に行ってみる決心をした。

娘のはるかは、昨夜、新宿から「ムーンライトえちご」に乗ったと、そういっていたが、しかし、いくら待っても、帰ってこないところをみると、もしかすると、この列車には乗っていなかったのかもしれない。

そうなると、携帯電話に出ないのも、何か理由があって、まだ東京に、いるのではないか？

文子は、そう考えたのだ。

そこで、支度をすると、新潟駅に向かい、そこから、新幹線に乗って東京に行くことに決めた。東京駅に着いたのは、その日、四月一日の、午後一時過ぎだった。

タクシーを拾って、娘のはるかが住んでいた、飯田橋のマンションに向かった。中古のマンションである。

その管理人室を覗《のぞ》いて、

「ここに住んでいる江見はるかという娘のことで、おききしたいんですが」

と、声をかけた。

管理人は、顔だけこちらに向けて、

「江見さんは、もう引っ越したよ」

と、素っ気なく、いった。

「ここの三〇一号室に、住んでいたはずなんですが」

「あんたは？」

「江見はるかの母親です」

と、文子が、いった。

「その部屋、見せてもらえませんか？」

「ああ、そうかい。あんたが、あの娘さんのお母さんか」

管理人は、そういうと、のっそり立ち上がり、マスターキーを持ってきて、一緒に三階まで上がり、三〇一号室を開けてくれた。

1Kの狭い部屋である。ガランとした部屋には、はるかが使っていたと思われる、パソコンや、机や、それに、テレビなどが、置かれてあった。

「娘が、行方不明になってしまっているんですよ」

「あんたの娘さんは、この部屋の調度品なんかは、適当に、始末してもらいたい。そういって、引っ越していったんだよ。だから、てっきり、実家に帰っている。そう思ったんだけどね」

管理人は、首をかしげている。

文子は、部屋の中に、何か、娘の消息がつかめるようなものはないかと思って、狭い部屋の中を調べてみたが、それらしいものは、何も見つからなかった。

東京が初めての文子には、これから、どこをどう探していいのか、まったくわからなかった。

「誰か、娘を探してくれるような人は、いませんでしょうか？」

文子は、そういって、管理人を見た。

「本当に、娘さんは、実家に帰っていないのかね？」

「ええ、帰っていません。新宿から、夜行列車で帰るといっていたんですけど、それには、娘は、乗っていなかったみたいなんですよ。ですから、何とか、娘を探し出したいんですけど、東京は、初めてなものですから、勝手がわからなくて」

「ちょっと、待ちなさい」

管理人は、そういって、いったん、一階の管理人室に戻ってから、もう一度三〇一号室に上がって来て、

「こんなものが、ウチのマンションに配られていたんだが」

と、いって、一枚のチラシを、文子に見せた。

それには、プリンターで、印刷したような文字が、躍《おど》っていた。

「あらゆる調査、引き受けます。正確、迅速、安価」

それが謳《うた》い文句で、探偵事務所の名前が印刷されていて、橋本豊《はしもとゆたか》という名前があ

った。

「これ、郵便ポストに入っていたんだがね。どんな探偵さんかは、わからないが、この人に頼んでみるかね？」

管理人は、いった。

「この人、信用できる人なんでしょうか？」

「いや、それは、わからないね。私が、この探偵さんに、何か事件の調査を頼んだことはないから」

管理人は、無責任なことをいう。

しかし、今の文子には、ほかに、頼る人がいなかった。

地元の新潟の警察には、捜索願を出しているが、しかし、親身になって、探してくれているかどうか、わからない。何しろ、娘のはるかが、いなくなったといっても、地元の警察だって、どこを、探していいのか、わからないに、違いなかった。

第一、はるかが、「ムーンライトえちご」に乗っていたかどうかさえ、今のところ、不明なのだから。

「この探偵さんに、頼んでみます」

と、文子は、いった。

5

雑居ビルの一室が、その探偵の事務所だった。受付もいない。

広告にあった橋本豊という私立探偵は、二十七、八歳の感じで、背がひょろりと高く、あまり、信頼が置けそうにもなかった。

それでも、文子は、今のところは、この私立探偵しか頼る相手がいないので、顔を見るなり、

「娘を探してください」

と、いった。

「とにかく、どういうことなのか、説明してもらえませんか？」

橋本は、いい、自分でお茶を淹《い》れてくれた。

文子は、それを一口飲んでから、娘はるかの写真を、テーブルの上に置いて、

「これが、娘の江見はるかです。私は、新潟に住んでいるんですけど、娘のはるかは、四年前に上京して、東京の大学に入り、やっと今年三月に卒業しましてね。それで、郷里の新潟で働きたいと、そういって、昨夜、新宿から出ている、夜行列車に乗って、

帰ってくることになっていたんです。今朝の四時五十一分に、その列車が、新潟に着いたんですけど、娘のはるかは、家に帰ってきませんでした。それで、何とか、娘を、探してもらいたいんですよ」

「娘さんのはるかさんは、東京の大学に行っていた。何という大学ですか？」

橋本は、手帳を広げて、改めて、文子に、きいた。

「F大学です」

「今年の三月で卒業した？」

「ええ」

「それで、昨日の夜行列車で、帰ることになっていた。列車の名前は？」

「新宿発の『ムーンライトえちご』です」

「娘さんは、それに乗ったんですか？　それとも、乗らなかったんですか？」

「娘に電話したら、乗ったと、いっていました。その列車が、長岡に着く前で、新潟には、五時前に着くから、好きなオムライスを作って、待っていてくれ。そういっていたんです。それなのに、新潟に着いた列車には、娘が乗っていなかったようなんですよ」

「列車の中で、お母さんの、電話を受けたのは、間違いないんですか？」

「私は、間違いないと、思っているんですけど、こうなってみると、本当に、乗っていたのかどうかも、わかりません」

文子は、正直に、いった。

「どんな性格の娘さんですか？」

「普通の、どこにでもいる娘です。母親の私には、とても、優しいんですよ。何といっても、母一人、子一人ですからね。だから、東京で、就職するのを諦《あきら》めて、私がいる新潟に帰ってくるつもりになってくれたんです。あの子は、そういう優しいところがあるんですよ」

と、文子が、いった。

「娘さんが乗ったと思われるのは、『ムーンライトえちご』なんですね？」

「ええ」

文子は、うなずく。

橋本は、棚から、時刻表を持ち出してきて、見ていたが、

「確かに、新潟行きの『ムーンライトえちご』という列車がありますね。二十三時九分新宿発、これに乗れば、翌日の午前四時五十一分には、新潟に着く。この列車の中で、何か事件があったということは、ないんでしょうかね？」

「その列車の車掌さんに、新潟駅前の、交番のお巡りさんが、きいてくれたんですよ。そうしたら、事件は何も起こらなかった。車掌さんは、そういったそうです」

「この列車に、娘さんが、乗っていたという証拠は、見つかったんですか？」

「これも、車掌さんの話なんですけど、うちの娘が、乗客の中にいたかどうかは、記憶がないんだそうです」

「そういうことも、あるかもしれませんね。しかし、だからといって、娘さんが、この列車に乗らなかったという証拠にはならない」

橋本は、自分にいいきかせるように、いった。そのあと、

「お話は、よくわかりました。とにかく、探してみましょう」

「それで、お礼なんですが、おいくらぐらい、払ったらよろしいんでしょうか？」

「ウチの事務所の決まりでは、一日二万円ということになっています。それに、実費がつきます。それから、娘さんを見つけ出したら、成功報酬として、三十万円いただきたい。これで、どうですか？」

と、橋本が、いった。

「はい。それで結構ですから、是非《ぜひ》、娘を探してください。お金は、いくら掛かってもいいんです」

と、文子は、いい、家を出る時に持ってきた十万円を、まず、橋本に渡した。

「残りの料金は、あとでお支払いしますから」

文子が、いった。

「この娘さんの写真は、しばらく、私が預かります。お母さんは、これから、どうするんですか？　新潟に帰りますか？　それとも、東京にいますか？」

橋本が、きいた。

「新潟に帰っても、落ち着きませんから、しばらく、東京に泊まりたいと思っています。安いホテルがあったら、教えてもらえませんか？」

と、文子が、いった。

6

橋本はまず、江見はるかが卒業した、F大学に行ってみることにした。母親の文子の話を信じないわけではなかったが、まず、そのことから自分で確認したかったのだ。

大学は、まだ春休みだったが、出勤していた職員が、事情を説明し、身分を明かした、橋本の質問に、答えてくれた。

「確かに、今年の卒業生の中に、江見はるかという名前がありますね」

と、職員はいい、卒業生名簿と、卒業クラス全員で撮《と》った写真を、橋本に見せてくれた。

「どんな学生だったか、わかりますか？」

「私は、直接、会ったわけではないので、ちょっとわかりませんが、しかし、四年間、別に問題を起こしたということは記録にありませんから、ごく普通の、真面目な学生だったんじゃありませんか？」

と、職員は、いった。

「誰か、この江見はるかの友達で、卒業後も東京に住んでいる人を、教えてもらえませんか？」

と、橋本は、頼んだ。

職員は、気軽に、

「調べてみましょう」

と、いい、五、六分してから、同じクラスの一人の名前を教えてくれた。

それは、田中由美《たなかゆみ》という女性で、東京の自動車販売店に就職し、住所は、四谷《よつや》三丁目のマンションということだった。

橋本は、その田中由美に、会ってみることにした。

四谷三丁目のマンションに、幸い、田中由美は、居てくれた。帰宅したばかりらしい。彼女は、訪ねていった橋本が、私立探偵ということに、興味を持ったらしい。

部屋に招じ入れ、コーヒーを淹れてくれた。

「彼女とは、いちばんの、親友でしたよ。彼女、卒業した後、郷里の新潟に帰るといっていたんですけど、本当にまだ、帰っていないんですか？」

「ええ、母親が心配して、私に調査を依頼してきたんですよ。それで、彼女を探しているんです」

「それはおかしいわ。私には、郷里の新潟に帰るといって、確か、乗る三日前に、夜行列車の切符を、買ったといっていたんですよ。何ていったかな。そう、確か、ムーンライト何とか」

「『ムーンライトえちご』ですか？」

「ええ、そう、それ。はるかは、それに乗るって、いっていたんですよ。何でも、その列車には、一両だけ、女性専用車がついているというんで、安心して帰れるといっていたんですけどね。でも、どうして、帰っていないのかしら？」

田中由美が、首をかしげて、いった。

「どんな性格だったか、話してくれませんか？」

「はるかって、一見、おとなしそうに見えるの。でも、芯《しん》は、すごく強かった。何か始めたら、絶対に、途中では止めない。そんなところがあったわ」

「じゃあ、卒業したら、郷里に帰るといったら、必ず郷里に帰った。つまり、そういうことですか？」

「ええ、そういう性格。だから、郷里に帰っていないときいて、ビックリしているんだけど」

「大学時代、ほかに、彼女の性格が、表われているような、何か、事件はありませんでしたか？」

橋本が、きくと、由美は、急にニヤッと笑って、

「こんなこと、バラしちゃっていいのかな？」

「是非、話してもらいたいな」

「これは、誰も知らないと、思うんだけど、彼女ね、在学中に、夜、アルバイトをしていたのよ」

と、声を落として、由美が、いった。

「水商売ですか？」

「確か、新宿の歌舞伎町のクラブで働いていたの。偶然、私が見つけたんだけど、彼女が、泣きそうな顔で、秘密を守ってくれというものだから、誰にもいわなかった」

「どのくらいの期間、働いていたんですか？　長いんですか？」

「確か、大学三年と四年の二年間、歌舞伎町のクラブで、働いていたの。一年と二年の時は、ごく普通の、アルバイトをしていたんだけど」

「どうして急に、三年と四年の、二年間だけ、クラブなんかで働いていたんでしょうか？」

「その理由はいわなかったけど、たぶん、お金のためだと思うわ。彼女、いつだったか、私に、こんなことを、いったことがあるの。大学を卒業したら、どこかの会社に、勤めるようなことはしたくない。自分で会社を起こして、何か仕事をしたい。そのためには、お金がいる。そんなことを、彼女はいっていたから、その資金稼ぎに、二年間、新宿のクラブで、働いていたんじゃないかと、私は思っているんだけど」

「その話、間違いないんですか？」

「間違いないと思うわ。彼女、必死になって、誰にも、話さないでおいてくれっていっていたから」

「その店の名前、わかりますか」

「確か、新宿歌舞伎町の『ルージュ』って店だったわ」

「しかし、このことに、あなた以外の誰も気がつかなかったというのは、本当なんですかね？」

「ええ、ほかの友達は、誰一人として、気がついていないわ。私だって、新宿の歌舞伎町に遊びに行った時、たまたま、歩いている彼女を見つけて、悪戯《いたずら》心から尾行して、初めてわかったんだから」

と、由美が、いった。

7

夜になってから、橋本は、新宿歌舞伎町の「ルージュ」という店に行ってみた。

橋本は、その店のママに会うと、江見はるかの写真を見せて、

「この女性が、ここで二年間、ホステスとして働いていたと、思うのですが、間違いありませんか？」

ママは、笑って、

「ええ、確かに、ウチで働いてもらっていた子だわ。ウチでの名前は、ゆかりさん。

おとなしい子だけど、真面目で、あまり休まなかったわね」

「彼女、二年間ここで働いて、どのくらい貯金が、あったんでしょうか？」

「いつだったか、彼女は、アルバイトで、一千万円貯めたいと、私にいっていたことがあるのよ。二年間ずっと、ほとんど休まずに、働いていたんだから、そのくらいは貯まっていたんじゃないかしら？」

と、ママが、いった。

「一千万円ですか」

橋本は、少しばかり、うらやましそうに、いった。

「貯めようと思えば、そのくらいは貯まるのよ」

ママが、笑いながら、いった。

「そして、この店を辞めていったんですね？」

「ええ、確か、三月の二十日頃に、辞めるといってきたの。だから、二年間も真面目に働いてくれたから、お餞別《せんべつ》をあげたのよ。何でも、郷里の新潟に帰ると、私にはいっていましたけどね」

「それが、帰っていないんですよ」

「どうして？」

「私にも、その理由は、わかりませんが、帰っていないことだけは、間違いないんです」

「おかしいわね。三月末の新宿発の、夜行列車で新潟に帰る。彼女は、そういっていたんですよ。それなのにどうして、帰っていないのかしら?」

「今、それを、調べているんですが、何か、心当たりは、ありませんか?」

「全然ないわ。あの子、辞める時もはっきりしていたし、三月末の夜行列車に乗るということだって、ウソをついているとは、思えないから」

と、ママが、いった。

「一緒に働いていたホステスさんたちですが、彼女が、一千万円を貯めたということは、知っていたんでしょうか?」

「それは、わからない。彼女、私には、今もいったように、一千万円貯めたいといっていたけど、ほかのホステスたちに、それをいっていたかどうかは、わからない。でも、まわりの子たちは、たぶん、知っていたでしょうね。きいてみたら、どうですか」

と、ママが、いった。

橋本は、店のマネージャーや、同僚のホステスにも、話をきいてみたが、江見はるかの貯金のことは知っていても、消息を知っているという声は、なかった。

橋本は、次に、彼女が住んでいたという、飯田橋のマンションに行ってみた。母親の文子の話では、そのマンションの三〇一号室に、彼女は、住んでいたという。

文子が会ったという管理人には会わずに、橋本は、三〇一号室の隣、三〇二号室に住んでいるOLに、会ってみることにした。
二十五、六歳に見える、そのOLは、橋本の質問に対して、
「隣の女子大生さんでしょう？　この春に卒業して郷里に帰ると、私にはいっていましたけど」

と、いう。

「それが、帰っていなくて、母親が心配して、探しているんですけどね、何か、江見はるかさんのことをご存じなら、教えていただきたいんですが」

「あまり、人のことはいいたくないんですけど」

と、OLが、いう。

その顔は、何か知っていて、いい出しかねている。そんな感じに見えた。

それで、橋本は、

「どんなことでもいいんですが、もし、これで彼女が見つかったら、必ずお礼をしま

すよ」

と、いってみた。

ＯＬは、橋本のその言葉で、話す気になったのか、

「実は、私ね、妙なことを知っているの」

と、秘密めかして、いった。

「どんなことか、教えてくれませんか？」

「私ね、偶然見ちゃったんだけど、このマンションの、四〇一号室、つまり、三〇一号室のすぐ上の部屋なんだけど、江見はるかさんは、そこにも住んでいたんですよ」

「それ、どういうことですか？」

「私にもわからないんだけど、彼女ね、三〇一号室と四〇一号室の二つ、部屋を借りていたみたいなの」

「それ、本当ですか？」

「三〇一号室のほうには、いかにも、女子大生というような感じで、地味な格好をして住んでいたんだけど、真上の四〇一号室のほうでは、彼女、ひどく派手な格好をして住んでいた。これ、本当の話なの」

と、ＯＬが、いった。

「派手という感じは、クラブのホステスのような感じということですか？」

「ええ、そうね。そんな感じ。いかにも水商売みたいな感じの格好をしていたわ」

「なるほどね。よくわかりました」

おそらく、行方不明の江見はるかは、二つの部屋を、使い分けていたのだろう。三〇一号室のほうは、真面目で地味な女子大生の部屋、そして、真上の四〇一号室は、クラブで働く派手なホステスの部屋、そんなふうにである。

橋本は、その後で管理人に会って、四〇一号室を調べたいと、告げた。

「四〇一号室にも、三〇一号室の江見はるかさんが、部屋を借りて住んでいたんじゃないですか？」

橋本が、きくと、管理人が、ビックリした顔になって、

「本当ですか？　そんなこと、全然知りませんでした。私は、ただの管理人ですからね」

「ほんとに、知らなかったんですか？」

「ええ。雰囲気もまったく違うし。三〇一号室の江見さんと同じに、調度品は、適当に、始末してくれ、ということだったんですけど」

管理人は、不動産会社に、連絡して、確認を取った後、マスターキーを使って、四

○一号室を開けてくれた。
娘の身を心配して、上京して来た母親のことが、気になっていたのだろうか。根は、人が善いのだろう。

母親の話では、三〇一号室のほうしか見ていないが、いかにも、女子大生の部屋らしく、地味で、調度品のようなものも、あまりなかったと、いっていた。

その話と違って、四〇一号室のほうは、派手な感じの部屋だった。カーテンもベッドカバーも、原色に近い派手な感じの色彩になっていた。

ただ、どれも安物らしい調度品なのは、大学を卒業した後は、ホステス生活にもおさらばするつもりだったから、高いものは、最初から買う気がなかったのだろう。

橋本は、狭い1Kの部屋を、丁寧《ていねい》に調べてみた。

大学の友人の話では、大学生の三年、四年の二年間、はるかは、新宿歌舞伎町のクラブで働いていた。これは、その店のママもいっていたことで、ママの話によれば、はるかは、一千万円貯めるつもりだったらしい。

それに、ママの話では、クラブで二年間一生懸命働けば、一千万ぐらいは貯まるといっていた。

しかし、狭い部屋の中には、当然といえば、当然のことなのだが、預金通帳もなかったし、現金らしいものも発見できなかった。

橋本は、安物のソファに腰を下ろして、考えてみた。

江見はるかは、東京で、四年間の大学生活を終えた。大学を卒業し、そして、二年間働いていたクラブも、卒業したことになる。

彼女は、大学の卒業証書と、もう一つ、一千万円の大金を手にして、新潟に帰ろうとしていたのか？

その一千万円を、現金で持っていたのか、それとも、預金通帳で持っていたのかは、わからない。

それが事実だとして、もし、そのことを知っている人間がいるとすれば、江見はるかという女は、格好の獲物になってしまうのではないか？

一千万円のことを知っていた人間が、彼女を殺して、大金を手に入れようとしたとしても、それはおかしくない。

8

西本と日下の二人の刑事は、長岡に着くと、すぐ、市内にある仮設住宅に向かった。

市内の一角に、仮設住宅が、ズラリと並んでいるところがあった。塀《へい》もないので、観光バスが停まって、ジロジロと見ている人間もいる。

「これじゃあ、プライバシーがまったく保てないな」

歩きながら、西本が、いった。

その一角に掲示板があって、そこに、棟と住居ナンバーが書かれてあった。

それを頼りに、二人は、三宅修の両親が住んでいる、仮設住宅を訪ねていった。

東京には、平屋建ての家など滅多《めった》にない。それが、ここには、ズラリと並んでいて、何か異様な光景だった。

仮設住宅は、家賃は取らないが、光熱費などは要るようで、その上、二年経《た》ったら立ち退《の》かなければならないことになっていると、二人の刑事は、きいたことがあった。

三宅という小さな表札を出した家に近づいて、ノックをした。

入り口のドアが開いて、六十歳前後の女性が、顔を出した。どうやら、三宅修の母親らしい。

西本と日下の二人は、彼女に向かって、警察手帳を見せてから、

「三宅修さんのお母さんですね？」

と、きいてみた。

「ええ」

と、答えて、二人の刑事を、彼女は、部屋の中に招じ入れた。

二人の刑事は、素早く、狭い部屋の中を見まわした。だが、どこにも三宅修の姿はないし、電話に出た、父親の姿もなかった。

母親の話では、父親の修平は、用があって外出しているという。

母親は、小さなキッチンに立っていくと、二人の刑事に、お茶を淹れてくれた。

「息子の修さんですが、今日の早朝、ここに帰ってきたんじゃありませんか？」

と、西本が、きいた。

「いいえ、息子は、帰ってきておりません。ご覧のように、狭い部屋ですから、隠したりもできませんわ」

「お母さんに、一つだけ、お願いがあるんですが」

と、日下が、いった。

「電話で、お父さんにも話したんですが、息子さんには、今、殺人の容疑がかかっています。ですから、なるべく早く、自首してもらいたいんですよ。もし、帰っているのなら、是非、息子さんに、自首を勧めてください。そうしないと、刑が重くなってしまいますからね」

「修が、人を殺したなんて、私には信じられませんわ」

「そのお気持ちは、よくわかりますよ。ですから、なおさら、自首してもらって、警察に調べてもらったら、どうでしょうか？　もし、息子さんが、人を殺していないのならば、早く、それを調べたいですからね」

西本が、いった。

「とにかく、刑事さんにどういわれようと、息子は、ここには、帰ってきていないんです。ですから、どうぞ、東京にお帰りになっていただけませんか？」

母親は、強い口調で、いった。

二人の刑事は、話しながら、しきりに、目で部屋の中を調べていた。

急に、日下刑事が、立ち上がって、部屋の隅にあるくずかごに手をかけた。

そこから、日下は、血のついた絆創膏《ばんそうこう》をつまみ出すと、

「これ、誰がしていたものですか？　ひょっとして、息子さんが、頭に貼っていたんじゃありませんか？」

と、母親を見た。

第三章　泳ぐヒゴイ

1

橋本は、江見はるかの母親、文子が泊まっているビジネスホテルに、足を向けた。近くの喫茶店に、彼女を呼び出して、今日調べたことを、文子に話すことにした。

「行方不明になっているはるかさんですが、実は、大学の三年生、四年生の二年間、新宿歌舞伎町のクラブで、アルバイトをしていたんです。そのことは、ご存じでしたか？」

まず、橋本は、文子に、きいてみた。

文子は、ビックリした顔になって、

「いいえ、そんなことは、娘からもきいておりません。それって、本当なんでしょうか？」

と、きき返した。

橋本は、うなずいて、

「そうですか。やっぱり、はるかさんは、母親のあなたには、何も話していなかったんですね。そうでしょうね。東京で水商売のアルバイトをしているといったら、お母さんが、心配すると思って、彼女、黙っていたんですよ。それなら、二年間で、一千万円貯めるとか、貯めたという話も、もちろん、何も、きいていないでしょうね？」

「もちろん、きいてなんかいません。大学を卒業した後は、東京で働くものと思っていたんですけど、郷里の新潟に帰って、働くといってくれたので、安心していたんですよ」

「それはたぶん、水商売のアルバイトで、目標の一千万円を貯めたので、そのお金を元手にして、新潟で、何か、事業をやるつもりだったんだと、思いますね。もし、そんなお金がなければ、郷里の新潟に戻って働くよりも、卒業後も東京に残って働いたほうが、ずっと、お金になりますからね」

橋本が、そんな説明をしても、文子は、まだ、何が何だか、よくわからないというような顔で、

「本当に、あの子は、水商売の、アルバイトをしたりしていたんでしょうか？　それに、一千万円という大金は、あの子が、アルバイトで、貯めたんでしょうか？　私には、とても信じられません」

「まだ断定は、できないんですが、はるかさんは、二年間で、一千万円貯めると、何人かの人に、公言していたんですよ。そして、おそらく、その言葉通りに、一千万円、貯めたんだと、思いますね。彼女は、それを持って、郷里の新潟に帰ろうとしていたんです」

　橋本が、いった。

「でも、あの子は、帰ってこなかったんですよ。本当に、帰ろうとしていたんでしょうか？」

「断定はできませんが、新宿発の夜行列車『ムーンライトえちご』に乗って、新潟に帰ろうとしていたことは、まず、間違いがないと思います。はるかさんが、その列車の切符を、前もって買っているのを、知っていた人がいたんですよ。それでですが、いろいろと、調べたいことがあるので、今日、私と一緒に、はるかさんが乗ろうとしていた、二十三時九分新宿発の『ムーンライトえちご』に乗って、新潟まで行ってみませんか？　はるかさんが、失踪《しっそう》したことについて、何かわかるかもしれませんよ」

橋本が、励《はげ》ますように、いった。

「はるかが、本当に、その列車に乗ったのなら、私も、同じ列車に乗ってみたいと思いますけど」

「それを、何とかして、確認してみたいんですよ。あなたが賛成してくだされば、その切符を二枚、これから、買いに行ってきますが」

橋本が、いった。

「もし、あの子の行方が、わかるんでしたら、喜んで、私も、今夜の列車に、乗りたいと思います」

文子は、小さくうなずいてみせた。

2

橋本は、二十三時九分（午後十一時九分）新宿発新潟行きの「ムーンライトえちご」の切符を、二枚買った。

新宿南口のラーメン店で、橋本は、ホテルを、急遽《きゅうきょ》、チェックアウトした、文子とラーメンを食べ、切符の一枚を、文子に渡した。

「それは、六号車の切符になっています。『ムーンライトえちご』は、六両編成で、新潟に向かう場合は、その六号車が、先頭車両なんですよ。これは、その切符です」

「橋本さんも、私と同じ、六号車に乗ってくださるんでしょうね？」

ラーメンを食べていた箸《はし》を止めて、文子が、きく。

「いや、私は、隣の五号車の、切符を買いました」

「どうして、私と一緒に乗ってくださらないんですか？」

「それがですね、六号車は、女性専用車両なんです。はるかさんは、その六号車の切符を、買っていたんです。あなたにも、六号車に乗っていただきたい。私は、その隣の五号車に乗っていますから、何かあれば、隣の車両に来ていただければ、私と会えます」

文子にかんでふくめるように、橋本は、いった。

夜食を済ませると、橋本は、文子と一緒にＪＲ新宿駅の、改札を入り、七番ホームに足を向けた。

ホームにはすでに、六両編成の「ムーンライトえちご」が、入線していた。

「ムーンライトえちご」は、黄色い車体に、茶色い線の入った、昔の特急用の車両である。見ていると、何となく、懐かしくなってくるような、そんな車両でもある。

文子は、ホームに入っている六両編成の「ムーンライトえちご」を見ながら、

「本当に、あの子は、この列車に、乗ったんでしょうか？　新潟に、帰ってくるつもりだったんでしょうか？」

まだ半信半疑といった、虚《うつ》ろな表情だった。

「今日の未明、あなたは、この列車の中の、はるかさんに電話をかけたんでしょう？」

「そうなんです。はるかは、この列車に乗っていると、いっていました。だから、私は、あの子が、帰ってくるのを、家でじっと待っていたんですけど、帰ってこなかった」

「あなたは、この列車が、長岡に着く前に、電話をかけ、新潟には四時五十一分に着く、五時半までには家に帰れるから、待っていてくれと、そういわれたんですね？」

「ええ、五時半までには家に着くと思うから、私の好きなオムライスを作って、待っていてくれ。そういったんです」

「はるかさんが、ウソをついたと、思いますか？」

「いいえ、あの子が、そんなことで、ウソをつくとは思えませんよ」

「そうでしょうね。はるかさんは、この夜行列車に乗っていて、長岡に着く前に、お

母さんからの、電話を受けたんですよ。そして、五時半までには家に帰れるから、好きなオムライスを作っておいてくれと、いった。はるかさんは、この列車の中で、電話を受けたんだと、私は確信していますよ」

「でも、どうして、あの子は、この列車から消えたんでしょうか？」

「何とか、その理由を知りたいので、これから、この列車に乗るんです。しっかりと六号車の車内のことを、見ておいていただきたいし、どんな感じで、新潟に向かうのか、それも、確認していただきたいのです。もちろん、私も、ちゃんと、目を開けて見ていますよ」

と、橋本は、いった。

二人は、列車に乗り込んだ。

文子は、先頭の六号車、女性専用車に乗り込み、そして、橋本は、隣の五号車に乗り込んだ。

二十三時九分、「ムーンライトえちご」は、定刻どおり、新宿駅を発車した。

3

西本と日下の二人は、聞き込みに、時間がかかったので、長岡の、奥座敷といわれている蓬平《よもぎひら》温泉の旅館「和泉屋《いずみや》」に泊まることにした。そこから、東京の十津川に電話をかけた。

「今日は、この旅館に泊まって、明日、東京に帰ろうと思っています」

と、西本が、いうと、

「その蓬平温泉の様子は、どうなんだ？　地震の影響は、少なかったのかね？」

十津川が、きく。

「この蓬平には、三軒の旅館があるのですが、いずれも、大なり小なり、地震の被害を、受けています。今日、私たちが泊まっている『和泉屋』、それに『蓬萊館《ほうらいかん》』の二軒の旅館は、修理も終わって、すでに営業をしていますが、もう一軒の『花の宿　よもやま館』という旅館だけは、まだ再開できずにいるようです。この旅館も、改修して、オープンすることが決まったようで、そうなれば、蓬平温泉も完全に復活しますね」

「長岡からその蓬平温泉まで、かなり遠いのかね？」

「長岡市内から、この温泉までは、Ｓ字カーブの多い登り道をあがってこなければなりません。地震のために、その山道のところどころが、今も修理中で、途中から、例の旧山古志《やまこし》村に行く道が分かれているのですが、そちらのほうは、まだ、通行止めになっていました。こちらに来る道は、通行止めにはなっていませんが、山崩れがあったり、道路沿いの川の堤防が崩れていたりして、相当のダメージを受けていますね。完全に復旧するには、まだかなりの時間がかかるんじゃありませんか。ただ、旅館の従業員は、元気に張り切っていますね」

西本が、いった。

「ところで、さっきの電話では、三宅修は、長岡の実家に、帰ってきているようだと、いっていたが、これは、間違いないんだろうね？」

「三宅の両親は、お話ししましたように、長岡市内の仮設住宅に、入っているのですが、今日、そこで、私たちは、母親に会いました。話している時に、部屋の隅のくずかごに、血のついた絆創膏が捨ててあったので、それを押収してきました。血は乾いて、すでに変色していますが、これが、三宅修の血痕《けっこん》であれば、間違いなく、彼は長岡に来て、両親に会ったことになります。絆創膏は、東京に持ち帰りますので、すぐに、調べてもらいたいと思います。ただ、三宅修は、長岡には、いったん帰ってきたものの、すぐに、逃亡したとしか思えません」

「君は、父親の三宅修平には、会えなかったみたいだな？」

「そうなんですよ。仮設住宅で、しばらく、母親と話をしていたのですが、とうとう帰ってきませんでした。母親の話では、地震で潰《つぶ》れた店を、もう一度やりたいので、その資金を、貸してもらえるかどうか、長岡の市役所に問い合わせに、行っているということでしたが」

「五百万円の件は、何か、わかったかね？　三宅修は、働いていた新宿のパチンコ店『ラッキー』の社長を殺して、金庫にあった五百万円を奪って、長岡に、帰ったと思われている。君のいうように、長岡に帰って、両親に、会ったとすれば、その五百万円を、両親に渡したと思うのだが、母親に会った時の、感触は、どうだったかね？」

十津川が、きいた。

「母親は、修が帰ってきたことも、五百万円のことも、徹底的に、否定しています。しかし、帰ってきたことは、まず、間違いありませんし、しきりに、市内でもう一度、食堂をやりたいから、夫が、市役所にかけ合って、復興資金を借りられるかどうかを交渉していると、強調するんですよ。母親が、それを、強調すればするほど、長岡に帰ってきた息子から、五百万円を、受け取ったとしか思えなくなってしまうんです」

西本が、いった。

「東京の新宿で起きた、殺人事件について、そちらの新聞も、報道しているのか？」

「こちらの地方紙も、報道しています。ただし、容疑者の三宅修が、現在、仮設住宅に入っている、三宅夫妻の息子であるということは、書いていませんし、仮設住宅でも、噂《うわさ》にはなっていません」

「三宅修の評判というのは、長岡では、どうなんだ？」

電話口で、十津川に代わって、亀井が、きいた。

「それとなく、きいてまわったのですが、三宅修の評判は、悪くありませんね。むしろ、いいくらいなんですよ」

日下が、答えた。

「両親の評判も、こちらではいいんですよ。それに、息子の修のことを知っている人たちは、親孝行な息子だから、今、東京に働きに行っているが、そのうちに、お金を貯めて、両親を助けるために、この長岡に、戻って来るに違いない。そうなれば、銀行から、融資を受けなくても、何とかもう一度、長岡市内で、以前のような店を、持てるんじゃないのか？　そんなふうに、話をしていますね。ですから、東京で殺人を犯した男が、三宅夫妻の息子だとは、誰も思っていないんですよ。もちろん、中には、息子だと気がついている人もいるかもしれませんが、その人たちだって、あの三宅夫妻の子供だと、声に出しては、いっていませんね」

「三宅修は、地元の高校を卒業しているんだが、同級生の中には、地元の長岡や、あるいは、その周辺で、就職して働いている者も、何人かいるんだろう？」

「その通りです。その中の何人かに会って来ました」

と、日下が、いった。

「それで、友人たちは、どんなことをいっているんだ？」

「いろいろと、話をききました。三宅修の同窓生の中には、コイの、養殖業者がいましてね。地震の被害に伴《ともな》う苦労話を、いろいろときかされました」

「そういえば、長岡は、有名な、ヒゴイの養殖地だね。それなら、その養殖業者の息子が、三宅修の友人にいてもおかしくはないんだ」

「そうなんですよ。これは、高校時代の修の友人というよりも、ガールフレンドといったほうがいいんですかね。加藤《かとう》みどりという高校時代の、同窓生がいるらしいんです。彼女の家は、この地方では典型的なヒゴイの養殖業者で、旧山古志村に、全部で合計四つの、ヒゴイの養殖池を持っていたのですが、地震ですべてが、崩れてしまって、養殖池で飼っていたヒゴイが、全部死んでしまったそうです」

「それで、その加藤という、ヒゴイの養殖業者は、今、どうしているんだ？」

「何とか立て直そうとして、必死のようですね。旧山古志村の養殖池は、全部ダメになってしまったみたいですが、長岡市内にある水槽のほうは、無事だったようです。そこには、何でも、何匹かの、親ゴイがいるので、春の間に産卵をさせて、幼魚を、今年の秋に、販売できるようにしたいと、いっているようです。うまくいけば、二千匹ぐらいのヒゴイの子供が、できるから、それが売れれば、何とか、立ち直りのきっかけを作れる。そんな話でした。しかし、そのためには、差しあたって、五百万円から、一千万円の金が必要だが、すでに銀行から、多額の借金をしているので、これ以上、銀行から、借りられるかどうかわからない。もし駄目なら、ヒゴイの養殖業を辞めざるを得ない。これは、加藤の知り合いにきいたことです。同じような境遇の養殖業者は、ほかにも、何人もいるようです。長岡市内から、この蓬平温泉にあがってくる途中で、いくつもの、大きな看板を見たんですよ。いずれも、ヒゴイの養殖の看板なんですが、そのほとんどに、『地震のため、ヒゴイの養殖を辞めました』と書いてあるんです。あれを見ても、今回の地震の被害は、相当に、大きいものだと、改めて思いましたね」

日下が、しんみりした口調で、いった。

「そのガールフレンドのところだが、三宅修が、立ち寄った気配はないのか？」

十津川が、きいた。

「加藤みどり本人に、明日、直接会って、きいてみるつもりです。今のところは、どちらか、判断は、できません」

と、西本が、いった。

4

新宿を定時の午後十一時九分に発車した「ムーンライトえちご」は、日付の変わった午前一時十三分、予定どおり、高崎を発車した。次の停車駅は、長岡である。

ウィークデイなので、車内には、空席がかなりあった。

高崎を出発して、しばらくすると、六号車にいた文子が、五号車にやって来て、空《あ》いている橋本の隣の席に、腰を下ろした。

「眠くありませんか？」

橋本が、声をかけると、文子は、

「とても眠れるような気分じゃ、ありません。それに、今日は、最初から、新潟に着くまで、起きているつもりでしたから」

と、いった。

「女性専用車の様子は、どんな感じですか？」

「若い女性が、多いんですよ。私のようなおばあさんは、ほとんどいませんね。それに、グループの人たちがいて、この時間になってもワーワー騒いでいますよ」

と、文子が、いった。

「そうですか。グループで乗っている人もいるんだ」

橋本が、小さく、うなずいた。

「そうですよ。四、五人のグループで乗っているんですよ。今もいったように、向こうも眠れないようで、ペチャクチャしゃべっているので、それが気になって、逃げてきたんですよ」

「そのグループですが、どんな話をしているんでしょうかね？」

橋本が、きくと、文子は、笑って、

「女性のグループの話なんて、だいたい決まっているじゃありませんか？　特に、若い女性のグループはね。自分たちの近くにいる、男性の噂話とか、悪口とか、そこにいない、同性の悪口とか、それから、お金の話とか。まあ、そんなもんでしょう」

「なるほどね。気になる男性の話とか、そこにいない友達の悪口とか、そして、お金の話ですか」

「そうですよ。みんな、生き生きとして、人の悪口や、お金の話をしていますよ。男の人があれをきいたら、おそらく、幻滅するでしょうけどね」

文子は、また笑った。

「あなたにきこえるほど、そんな大きな声で話しているんですか？」

「大声かどうかは、わかりませんけど、こういう夜行列車だからでしょうかね。余計によくきこえるんですよ」

橋本は、しばらく、何か考えていたが、突然、ポケットから、小さなボイスレコーダーを取り出すと、

「六号車に戻って、このスイッチを入れて、あなたのいう、グループの女性たちの話を、録音してくれませんか？」

と、いった。

文子は、ビックリした顔で、

「どうして、そんなことをするんですか？　はるかの失踪と、何か、関係でもあるん

ですか？」

「今、あることを、思いついたんで、何もいわずに、録音してみていただけませんか？　ひょっとすると、それが、あなたのお嬢さんを、探す手掛かりになるかもしれませんから」

橋本は、それだけ、いった。

文子は、訳がわからないという顔だったが、それでも、橋本に手渡されたボイスレコーダーを胸元に隠して、六号車に戻っていった。

5

その後、橋本は、つい、ウトウトとしてしまったらしい。気がつくと、列車は、新津を過ぎていた。

間もなく、終点の新潟である。

終点の新潟着は、定刻よりも、一分遅れの四時五十二分。

先に、橋本が、ホームに降りていると、六号車から、文子が降りてきた。

二人の横を、若い女性ばかり四、五人のグループが、おしゃべりをしながら、通っていった。

「あれが、あなたが、さっきいっていた、例の女性グループですか？」

橋本が、きくと、

「ええ、あの人たち、若いから元気で、眠りもしないで、新宿から、新潟までずっと、おしゃべりを、していたんですよ」

文子が、笑いながら、いった。

「とにかく、駅を出たら、少し早めですが、朝食を、取りましょう」

と、橋本が、いった。

改札を出て、新潟駅の近くにある、この時間でも、営業している食堂に、橋本と文子は、入っていった。

定食を注文してから、橋本が、

「さっきお渡しした、ボイスレコーダーを返してくれませんか？」

そのボイスレコーダーに、橋本は、イヤホンをつけて、再生のスイッチを入れた。

録音されている声を、橋本は、熱心にきいていた。

定食が運ばれてくる。

橋本は、イヤホンをつけたまま、箸を使って食事を始めた。

そんな橋本の様子を見て、文子は、小さく笑いながら、

「若い女性たちの話が、そんなに面白いですか？」

と、きいた。

「女性グループのおしゃべりですがね、今日は、ウィークデイだから、あの列車の、発車直前でも、六号車の女性専用車の、切符が買えた。ラッキーだったというようなことを、しゃべっているんですよ」

「でも、それが、ウチの娘の失踪と、何か関係してくるのでしょうか？」

相変わらず、当惑の表情で、文子が、きく。

「それは、まだわかりませんが、とにかく、興味がありますよ。グループの中の二人が、急に当日になって、一緒に新潟に行くことが決まって、『ムーンライトえちご』の発車一時間前に、切符を手に入れた。そんなことを、いっているんです。それで、女性専用車に乗って、みんなで楽しくおしゃべりをしながら、新潟までやって来たというわけです」

「でも、それが、ウチの娘の失踪と、どんな関係が？」

また同じことを、文子が、橋本に、きいた。

「私は、こんなことを、考えたんですよ。一昨日も、ウィークデイでした」

「ええ」

「その日の夜に発車する『ムーンライトえちご』に、はるかさんは、乗った。新潟に帰ろうと決めていて、前々から、切符を買っていたんです。それを知った女性がですね、同じ列車に乗りたいと思った。もし、一昨日が、土曜日か、日曜日で、満席だったりしたら、急に乗りたいと思っても、おそらく、切符は、買えなかったと思うんです。でも、ウィークデイでした。昨日と同じようにね。だから、列車の発車直前になっても、切符は、買えたわけですよ。そして、はるかさんと同じ六号車、つまり、女性専用車に、乗ることができたんです」

橋本が、いうと、文子は、まだ不満そうに、

「私は、橋本さんに、娘のはるかを、探していただきたくて、こうやって、お願いしているんですよ。それなのに、どうして、熱心に、あのおしゃべりをしていたグループの話なんか、するんですか？」

「そうですね。ちゃんと、ご説明しなければ、おわかりいただけないかもしれませんね。いいですか、私は、こんなふうに、はるかさんの失踪を、考えてみたんですよ。はるかさんは、あの日、間違いなく、『ムーンライトえちご』に乗った。それも、六号車の女性専用車に乗ったと、私は確信しているんです。そして、車中で、はるかさ

んは、あなたからの、電話を受けた。くり返すようですが、五時半までには家に帰れるから、好きなオムライスを作っておいてくれと、いったんですよね？　ウソをついているとは、私は思わないんですよ。ところが、そのはるかさんが、姿を消してしまった。お母さんに、五時半までには家に着くからといったはるかさんが、突然、何の理由もなく、あの列車から、途中下車するとは、考えられない。お母さんだって、考えられないでしょう？」

「あの子は、そんなことを、するような子じゃありませんから、私だって、途中下車したとは、思いません」

「そうなると、誰かが、あの日の『ムーンライトえちご』に乗っていて、それも、女性専用車に乗っていて、はるかさんを、途中で誘って、列車から降ろしたとしか、考えられないんですよ。新潟駅の駅員や、交番での話でも、列車が、終点に着いてからは、トラブルが、なかったみたいですし。ただ、急に、あの列車の切符、それも女性専用車の切符が、買えるものだろうか？　それが、疑問だったんです。でも、今日、それが、わかりました。昨日は、同じウィークデイですけど、新宿を発車する寸前でも、六号車の切符を、買うことができた。おしゃべりをしていたグループの女性が、そういっているんですから、それは間違いないと思いますね」

「橋本さんのいう通りだとしたら、誰かが、あの娘を、列車から降ろしたということですか？」

「それ以外に、考えようがありませんからね」

「でも、誘われたからといって、どうして、はるかは、あの列車から、降りてしまったんでしょうか？　母親の私には、五時半までには家に着くから待っていてくれ。そういっていたのに。私には、それが、どうしても、わかりません」

文子は、怒ったような口調で、いった。

「あなたのいうように、ただ、誘われたくらいでは、はるかさんが、列車から降りたとは、とても思えません。せっかく、郷里の新潟に、帰ろうとしていたんですからね。だから、ただ誘われたというだけでは、なかったに違いないんです。例えば、脅《おど》かされて、列車から降りざるを得なくなった。そう考えるのが、自然だと、私は思っているんです」

「でも、はるかを、誰が、脅かしたりしたんですか？　それに、脅かされたって、騒げばいいじゃないですか？　そうすれば、いうことを、きくことなんかなかったのに。気の強いあの子が、どうして、騒がなかったのか、私には、不思議で仕方がありませんよ」

文子は、首をかしげた。

「考えられることは、相手が一人ではなくて、何人かだった。しかも、ナイフや、あるいは、もっと危険なものを、持っていて、はるかさんを脅かして、強制的に、途中下車させたのではないかと、想像しているんです。あなたが、電話をかけたのは、列車が、長岡に着く前でしょう？　そうでしたよね？」

「ええ、高崎と長岡の間で、あの子に、電話をしたんです」

「だとすれば、はるかさんが降りた駅は、いや、あるいは、誰かに降ろされた駅は、長岡、見附、東三条、加茂、そして、新津、この五つの駅の、どこかということになってきますよ」

「でも、誰が、何の目的で、はるかを、途中の駅で降ろしたりしたんでしょうか？」

文子は、険しい表情で、そういった後、急に、何かを思い出したように、アッという顔になって、
と、橋本に、きいた。

「例の一千万円ですか？　そのためですか？」

「そうなんですよ。くり返しますが、はるかさんは、大学の三年生と四年生の二年間、新宿歌舞伎町のクラブで働いて、一千万円の貯金をして、それを持って、郷里の新潟

に、帰ろうとしていたんです。はるかさんが、一千万円を貯めていることを知っていた人間が、はるかさんを、追いかけて、あの日、同じ列車に乗り込み、そして、同じ女性専用車に入って、強制的に、はるかさんを途中の駅で、降ろしたに違いないです。今もいったように、降ろした駅は、長岡、見附、東三条、加茂、そして、新津のどれかです」

「でも、どうやって、あの子を探したらいいんですか？」

文子が、きいた。顔が青ざめている。

「そうですね」

と、橋本は、考えてから、

「食事を済ませたら、新潟駅の近くにあるレンタカーの営業所で、まず、レンタカーを借りましょう。運転は、私がしますよ。今いった長岡、見附、東三条、加茂、そして、新津の五つの駅で、はるかさんのことを、きいてまわろうじゃありませんか？あの日、『ムーンライトえちご』から、はるかさんが、降りてこなかったかどうか、きいてまわるんです。すぐには、見つからないかもしれませんが、やってみるだけの価値は、あると思いますよ」

と、橋本は、いった。

朝食を済ませると、橋本と文子は、駅に戻り、駅の構内にある、レンタカーの営業所で、車を一台借りた。

助手席に、文子を乗せ、橋本が運転して、まず、新潟の一つ手前の、新津の駅に向かって、走り出した。

6

西本と日下が、部屋で、朝食をしている途中で、グラッと揺れた。西本は、場所が場所だけに、ギクッとして、日下と、顔を見合わせ、近くにいた仲居に、

「今、揺れましたよね？」

と、いうと、仲居は、笑って、

「この程度の揺れぐらいは、どうってこと、ありませんよ。あの時の、すごい揺れに比べたら」

と、いった。

「あの時は、そんなにすごい、揺れだったんですか？」

「ええ、もう、立っていられなかったぐらいですから。横揺れがすごくて、テレビが

落ちてくるというような生易《なまやさ》しいもんじゃなくて、棚にあったテレビが、飛んでくるんです」

仲居は、その時のことを思い出すように、いった。

「それでよく、この旅館は、立ち直りましたね」

「みんな、意地になっていたんです。この旅館を、潰してなるものかって。何といっても、長岡の奥座敷ですものね。この温泉を、潰すわけにはいかないんです」

仲居は、キッパリと、いった。

「この辺の主な産業といったら、何ですかね？」

日下が、食事をしながら、仲居に、きいた。

「いちばんの自慢は、何といっても、お米ですけど、それに、この辺りは、お漬け物がおいしいところなんですよ。それと、ヒゴイの養殖でしょうか」

と、仲居が、いった。

「昨日、ヒゴイの養殖をしていて、あの地震で、ひどい目に遭《あ》ったという人の話をききましたよ。確か、加藤さんという人でした」

西本が、いうと、仲居は、うなずいて、

「その加藤さんなら、私も、よく知っていますよ。あの旧山古志村に、ヒゴイの養殖池を、いくつも持っていらっしゃった方なんですよ。それが、あの地震で、その養殖池が全部潰れてしまったんですよ。今、残っているのは、長岡市内の小さな水槽だけで、親ゴイだけは、何とか、十匹ぐらい死なさずに済んだんだそうです。それで、その親ゴイを交配して、何とか、今年の秋には、できれば二千匹ぐらいの幼魚を育てて、それを売って、再建の足《た》しにしたい。加藤さんのオヤジさんは、そんなことをいっているんです。でも、果たしてうまくいくのかどうか、私も、それが心配で」

仲居は、昨日、西本たちが聞いたのと同じ話を口にした。

「確か、その加藤さんの家には、みどりさんというお嬢さんが、いましたね？」

「ええ、新潟小町《こまち》といわれるきれいなお嬢さんですよ。あのお嬢さんも、お父さんの養殖業のことで、ずいぶん心配していらっしゃるんじゃないですかね」

「そのお嬢さんですが、まだ独身だと、きいたんですが？」

と、西本が、いった。

「ええ、まだお一人ですよ。まさか、東京の刑事さんのあなた方が、あのお嬢さんを狙《ねら》っているわけじゃないでしょうね？」

仲居が、笑いながら、きいた。

「そうだ。われわれが、立候補してもいいんだ」

日下は、笑いながら、いってから、

「確か、そのみどりさんは、ここのN高校を出たんでしたね？」

「ええ、私の息子も、そのN高校の出身なんです。加藤さんのお嬢さんの後輩に、当たるんですけど」

と、仲居が、いった。

「その加藤さんのお嬢さんは、高校時代、男子生徒に、モテたんじゃありませんか？」

「ええ、モテたと思いますよ。今も美人ですけど、高校時代は、きっと、可愛《かわい》らしかったに違いありませんものね」

仲居が、笑顔で、いった。

「あなたは、確か、長岡市内から、ここに通ってきているんですよね？」

「ええ、そうですが、それが何か？」

「長岡市内にある仮設住宅に、三宅さんという夫婦が住んでいるのを知っていますか？　確か、長岡市内で、小さな食堂をやっていて、あの地震で、店が全壊してしまった。そういう夫婦なんですが、知っていますか？」

と、西本が、きいた。

「名前だけは、きいたことがありますけど」

「その三宅さん夫妻に、息子さんがいて、その息子さんが、加藤みどりさんと同じ、N高校の出身で、同窓だった。そういう話は、きいたことが、ありませんか？」

「さあ、その三宅さんの息子さんのことは、私には、わかりませんが、もし、何か、そのことでお知りになりたいのなら、今、息子に電話をしてきいてみますけど」

と、仲居が、いった。

「いや、そこまでしていただかなくていいです。もう一つおききしたいのですが、加藤さんは、当然、銀行には、借金があるんじゃないですか？　手広く、ヒゴイの養殖をやっていたとしても、山の中に、いくつもの養殖池を持っていたりしたら、借金もあると、思うのですが？」

「私は、前に、加藤さんの奥さんに、きいたことがありますよ。その時、かなり銀行から融資を受けていたので、立ち直るのは大変だ。そう、いっていましたよ」

「立ち直るのに、差しあたって、いくらぐらいの資金が必要だと、そういう話はしていませんでしたか？」

「二、三日前に、たまたま、奥さんにバッタリ会って、話をしたんですよ。そうしたら、何とか、一千万円ぐらいの融資があれば、この秋までに、ヒゴイの幼魚を、育てることができる。それで、何とか立ち直れるんじゃないか？　そんなことを、奥さんは、いっていましたけど、それが、刑事さんと、何か関係があるんですか？」

仲居が、急に、強い目になって、きいた。

西本は、慌てて、

「いや、ただ大変だなあと思って、おききしただけですよ」

と、ごまかした。

朝食を済ませると、長岡市内の自宅に帰るという仲居と、一緒の車で、西本たちも長岡市内に戻ることにした。

その車の中で、西本は、

「あなたが、加藤さんと知り合いなら、われわれを、紹介してくれませんかね？　直接会って、いろいろと、話をききたいのですよ」

と、いった。

「加藤さんが、どういうかはわかりませんが、紹介だけは、して差し上げますよ」

仲居が、いってくれた。

ヒゴイの養殖をやっている加藤家の自宅は、長岡市内の外れにあったが、もちろん、その自宅も、地震のために半壊状態になっていた。その自宅の隣が、ヒゴイのための温室になっている。

地震の時、この温室のガラスは、全部割れてしまったのだが、その中の水槽で飼っていた親ゴイは、養殖業者にとって、命の綱なので、急いで、温室のガラスだけは取り替えたという。

その温室の中に、当主の加藤と、妻と、そして、ジーパン姿の、一人娘の加藤みどりがいた。

仲居が、加藤に、西本たちを、紹介してくれた。もちろん、刑事だとはいわずに、東京から来た、観光客ということで、紹介してくれたのである。

温室の中には、大きな水槽がいくつか並んでいて、その中に、自慢の親ゴイが、何匹か泳いでいた。

その一つの水槽を、加藤や、妻や、娘のみどりが、のぞき込んでいる。

西本たちも、横から、その水槽をのぞき込んだ。中には、立派な、親ゴイが、何匹か、悠然と泳いでいる。

「これが、自慢の親ゴイですか？」

西本が、興味を持って、きいた。

「今月中に、この中から、これはと思う親ゴイを選んで、卵を産ませないと、もう間に合わないんですよ。秋になると、国内と外国から、ヒゴイの幼魚を買いに、バイヤーが来ますからね」

加藤が、いった。

「私は、その白と赤の模様が、はっきりとしている親ゴイがいいと思うけど」

みどりが、そのコイを指差しながら、いった。

「確かに、いいコイだが、あと何匹か決めておいたほうがいいな。一匹だと、もし、体調が、悪くなったら困るから」

父親の加藤が、慎重な口ぶりで、いった。

「それなら、私は、その白と赤がはっきりしたコイが第一候補で、向こうの、ゴールドの親ゴイが第二候補」

みどりが、父に向かって、いった。

その口調をきいていると、はっきりした気性の娘に思えた。

「お二人は、どう思いますか？」

急に、加藤が、西本たちを見て、いった。

「僕には、どちらも、非常に魅力的なヒゴイに見えますよ。うまく、その二匹に、卵を産ませることができるんですか？」

日下が、きいた。

「ええ、もう何年も、同じことをやって来ていますからね。それに、何とかしないと、今年は乗り切れない」

加藤は、硬い口調で、いった。

「失礼ですが、資金面の都合は、ついているんですか？」

西本は、そんな質問を、ぶつけてみた。

加藤は、横にいる妻と、顔を見合わせてから、

「何とか資金を作らないと、このままでは、コイより先に、われわれが、日干しになってしまいますからね」

と、いった。

西本は、チラリと、娘のみどりのほうに、目をやった。

そのみどりは、じっと、何か、思いつめたような様子で、水槽の中を泳いでいる親ゴイを、見つめていた。

第四章　協力せよ

1

西本と日下の二人は、長岡のN高校に行き、同期に卒業した、三宅修と加藤みどりについて、話をきくことにした。

卒業写真と卒業記念の作文集も見せてもらった。

その結果、間違いなく、三宅修と加藤みどりは、三年間にわたって、同じA組にいたことがわかった。

二人の刑事は、事務室で、教えてもらって、現在、長岡市内に住む彼等の同窓生に会ってみることにした。

一人は、加藤みどりの親友だった、女生徒で、現在、長岡市内で、父親の飲食店を継《つ》いだ次男坊と結婚し、すでに二歳の子供がいた。

もう一人は、N高校から山形《やまがた》の大学に進み、卒業した後、長岡市内でサラリーマンをしている男性だった。

西本と日下の二人は、まず日高《ひだか》まゆみという女性のほうに会った。

二人の刑事が、何よりもききたかったのは、高校時代、あるいは、高校を卒業した後の、加藤みどりと三宅修の関係だった。

そのことを伝えると、まゆみは、微笑して、

「高校三年の頃は、間違いなく、二人は、仲がよかったわ。あれは、三宅君のほうが、加藤みどりに熱を上げていたと、私は思う。夏休みや春休みになると、三宅君は、いつも、みどりの両親のやっているコイの養殖池に行って手伝っていたから。三宅君は、アルバイトだといって、確かに、お金をもらっていたけど、明らかに、コイが好きでアルバイトをしているというよりも、みどりが好きで、彼女に会いに行っている。何しろ、そんな感じだったもの」

「高校を卒業してからは、どうだったんですか？　三宅修は、高校を卒業すると、東京に働きに出ていってしまったわけですよね。加藤みどりさんのほうは、長岡に残って、両親の仕事を手伝っていた。二人は、離れていたわけですが、それでも、連絡し

合っていたと、思いますか？」

　と、西本が、きいた。

「連絡し合っていたと思います」

　まゆみは、いった。

「どうして、そう思うんですか？」

「私、コイが好きだから、高校を卒業した後も、時々は、みどりのところに行って、コイを見ていたんだけど、そんな時、たまたま、東京に行っている三宅君から、みどりに電話がかかっていたんですよ。だから、二人は、連絡し合っていたと、思う。三宅君のほうから、よく電話をしていたと思います」

「中越が地震に見舞われて、加藤さんの養殖池が、大損害を受けたでしょう？　そのことを、東京にいる三宅修は、知っていたと思いますか？」

　日下が、きいた。

「ええ、もちろん、知っていたと思います。だって、地震の後、みどりに会ったら、東京の三宅君から、何回か、心配する電話がかかっているといったんですよ。間違いなく、三宅君は知っていたはずです」

　まゆみが、いった。

その後、二人の刑事は、現在長岡市内でサラリーマンをしている、かつての三宅修の友人に会った。

佐藤《さとう》というその男は、自宅が全壊して、仮設住宅から、会社に通っていた。

質問は、先に会った女性にしたものと同じだった。佐藤は、微笑して、

「高校時代は、間違いなく、三宅のほうが、加藤みどりに、惚《ほ》れていましたよ」

「どうして、そういえるんですか？」

「夏休みなんかに、アルバイトだといって、みどりの家の、養殖池に手伝いに行っていたけど、明らかに、コイが好きなわけじゃなくて、みどりに会いたくて、アルバイトしていたんだと、僕は睨《にら》んでいたんですよ」

佐藤は、笑いながら、いった。

「三宅修は、高校を卒業した後、働きに、東京に行っているんですが、そのあとも、二人は、つき合っていたと思いますか？」

西本が、きくと、相手は、ニッコリとして、

「ええ、つき合いは、あったと思いますね。特に、三宅のほうは、よくみどりに電話をしていたから。中越地震で、みどりの家の、養殖池が大損害を受けた後は、三宅は、僕にも電話をしてきて、みどりの家の様子を、きいていましたからね。心配していた

んじゃないかな」

同窓生二人の話をきいてから、西本たちは、いったん、東京に戻ることにして、JR長岡駅に向かった。

駅の近くの食堂で、遅めの昼食をとったが、その途中で、西本は携帯を十津川に、かけた。

「依然として、三宅修の消息はつかめませんが、県警に、捜査を依頼しました。これは、私の勘ですが、三宅はまだ、長岡の周辺に、潜伏していると思いますね。両親のこともありますが、こちらに来て、高校時代のガールフレンド、加藤みどりという女性がいることが、わかりました。彼女にも会い、彼女の両親がやっている、コイの養殖池も、地震で大きな被害を受けて、再起するためには、差しあたって、一千万円の金が必要だと、いうことをききました。三宅は、東京にいる時も、時々、加藤みどりに、連絡を取っていたというし、彼女の家が、地震で大きな損害を被《こうむ》ったということも、当然、知っていたと思われるのです。ですから、両親のことも心配だし、また、ガールフレンドのことも、心配なので、三宅は、この長岡から離れられないだろうと、思うのです。県警も、その線で、三宅を探し出すといってくれています。これから、私と日下刑事は、いったん、東京に戻ろうと、思っているんですが」

「そうだな。君たちの報告も、詳しくききたいからな」

と、十津川が、いった。

「そうします」

と、西本は、いってから、急に、

「警部、今、駅前の食堂で、食事をしているんですが、珍しい男が、入ってきましたよ」

「その珍しい男というのは、私も知っている男かね？」

と、十津川が、きく。

「ええ、ご存じの男ですよ。前に一緒に捜査一課で働いていた、あの橋本ですよ。橋本豊です」

「現在、私立探偵をやっているという、あの橋本か？」

「そうです。六十歳くらいの女性と一緒ですが、なぜ、この長岡に来ているのか、それを、きいてみたいと思いますので、いったん電話を切ります。後でまた、電話をします」

2

「おい、橋本」

と、西本が、声をかけると、橋本のほうでも、すぐに、西本と日下の二人に気がついて、手を挙《あ》げた。

そのまま、二人のところに、寄ってくると、橋本は、

「君たちは、どうして、ここにいるんだ？　何の捜査なんだ？」

橋本は、西本たちにとって、元の同僚であり、今もつき合っている、友人だった。

「東京の新宿で、三月三十一日の夜、殺人事件が起きた。パチンコ店の社長が、殺されたんだ」

日下が、いうと、橋本は、うなずいて、

「その事件のことなら、知っているよ。あの事件のために、こちらに、来ているのか？」

「容疑者が、こちらに逃げて来ている、可能性があったんで、調べに来ているんだ。容疑者の名前は三宅修で、この長岡のN高校の出身なんだ。両親は、市内で小さな飲

食店をやっていたんだが、今度の地震で、家が全壊してしまってね。君は、何の用で、この長岡に来ているんだ？」

と、西本が、きいた。

橋本は、チラリと、一緒にいる六十歳ぐらいの女性に眼をやってから、

「あそこにいる女性が、今度の調査依頼のお客さんでね。彼女の一人娘を探しに、この長岡に来ているんだ」

「その娘さんというのが、この長岡の人間なのか？」

西本が、きくと、

「いや、新潟市の出身でね。東京の大学に行っていたのが、この春卒業した。新潟の母親のところに、戻る途中でいなくなってしまったんだ。それで、その娘さんを探している」

橋本が、いった。

「しかし、ここは長岡だぞ。どうして、この長岡で探すんだ？」

西本が、きくと、橋本は、

「話すと長いことになるんで、ちょっと待ってくれ。大事なお客さんに、断わってくるから」

と、いい、女性のところに戻って、彼女を、入り口近くのテーブルに坐らせてから、またこちらに戻って来た。

「失踪した娘さんの名前は、江見はるかというんだ。今もいったように、東京での大学生活を終えて、三月三十一日に、新宿から『ムーンライトえちご』に乗って、新潟の母親のところに、帰る途中だった。列車の中の彼女から、母親は、もうすぐ新潟に着くと電話できいている。ところが、その列車が、新潟に着いても、なぜか彼女が、家に帰らなくてね。どうして、消えてしまったのか、母親が、東京まで来て、俺の事務所に調査を依頼してきたんだ。俺は、娘さんが、どこで『ムーンライトえちご』から降りたのか？　それが知りたくてね。終点の新潟では、降りなかったとしたら、その前の駅で降りたことになる。『ムーンライトえちご』の停車駅を調べてみると、新潟の前は新津、その前は加茂、その前は東三条、さらにその前には、見附、長岡と停車するとわかった。母親の話では、娘さんと電話で話した時、間もなく、列車が長岡に着く、そういっていたというんでね。長岡までの各停車駅に、レンタカーを飛ばして行き、駅員に写真を見せて、この娘さんが、降りなかったかどうかを、きいてまわっているんだよ。それで、長岡まで来たというわけなんだ」

と、橋本が、説明した。

橋本の話をきいていた、西本と日下は、一瞬、顔を見合わせてしまった。

「君が探している娘さんは、間違いなく、三月三十一日の『ムーンライトえちご』に乗ったのか？」

「乗っていたからこそ、こうやって探しているんだ」

橋本がいうと、西本が、

「われわれが、探している、東京の殺人事件の容疑者なんだがね。三宅修という二十八歳の男なんだが、彼も、三月三十一日にパチンコ店の社長を殺した後、『ムーンライトえちご』に乗って逃げたと、思われているんだ。この三宅修の郷里が、長岡なので、こうして、二人でやって来て、調べているということだ」

「面白い話だな」

橋本が、いう。

「君が探している娘さんだが、どうして、途中でいなくなったんだ？　何か理由があって、失踪したのか？」

と、西本が、きいた。

橋本が、もう一度、チラリと、テーブルに坐っている母親のほうに、目をやってから、

「君たちは、口が堅《かた》いと思うから、話すんだがね。実は、こちらの探している、江見はるかという娘は、大学時代に二年間、クラブで、アルバイトをしていたんだ。その二年間で、一千万を稼いだ。これは、あくまでも、推測だがね。その一千万円を持って、母親の待っている、新潟に帰ろうとしていた。だが、その途中で、列車の中から消えてしまった。だから、なおさら、心配になってきているんだ。自分の意志で失踪したのではなく、彼女が稼いだ一千万円を狙われて、『ムーンライトえちご』から、誘拐されてしまったのではないか？　その心配があるので、母親と一緒に、探しているんだ」

「一千万円か」

と、西本は、つぶやき、また日下と顔を見合わせた。

そんな二人の様子を、橋本が、いぶかって、

「一千万円が、気になるのか？」

と、いった。西本がうなずいて、

「君が探している女性と、こちらの事件とは、何の関係もないように、思われるんだが。これは偶然の一致だろうが、こちらでも、一千万円という金額が、少しばかり気になっているんだよ。われわれが探している、三宅修のガールフレンドの両親が、こ

の長岡と旧山古志村で、コイの養殖池をやっていたんだが、今度の地震で、大変な損害を受けてしまってね。秋までにコイの幼魚二千匹を、育てないことには、立ち直ることが、できないらしいんだが、そのためには、差しあたって、一千万円の金が必要だと、いう話が出ているんだ」

と話し、続けて、

「今、君の話した一千万円だが、どの程度、信頼のできる話なんだ？」

「江見はるかという娘さんが、大学の二年間、新宿のクラブで、アルバイトをしていたことは、間違いないんだ。そこのママさんの話では、二年間、真面目に働けば、一千万円ぐらいは、手に入っているはずだと、そういっている。また、同じ店で、働いていたホステスの中にも、江見はるかが、一千万を貯めるぐらいは、軽く稼いでいるはずと、証言している女もいるんでね。だから、一千万円の金を持って、郷里の新潟に、帰ろうとしていたことは、まず間違いないと、思っている」

と、橋本が、いった。

「もう一つききたいんだが、江見はるかという娘さんだが、どこで『ムーンライトえちご』から降りたのかは、わかったのか？」

西本が、きいた。

「今もいったように、あの列車の、停車駅を一つ一つ調べて、この長岡まで来た。この駅員にきいたところ、三月三十一日の新宿発の『ムーンライトえちご』は、この長岡には、翌四月一日の、午前三時三十九分に着いている。列車から五人の女性が、一塊《ひとかたま》りになって、降りてきて、改札口を通っていったと、いうんだが、その中に、探している江見はるかが、いたのかもしれない。俺は、そう思っているんだ。ほかの四つの駅を調べてきたが、どこも、彼女が降りた形跡が、ないんだ」

と、橋本は、いった。

3

「君の話をきいていると、君とあの女性の探している娘さんと、こちらが追っている三宅修は、どこかで、つながっているような気がしてきた。もし、そうなら、君の調査を手伝うよ」

と、西本は、橋本に、いった。

西本は、心配そうに、こちらを見ている母親のところへ戻っているように、橋本にいってから、東京の十津川に、電話をかけ直した。

「橋本豊と話をしたんですが、橋本は、東京から新潟に帰る途中で、消えてしまった娘さんの母親から、依頼されて、その娘さんを探しているそうですよ。ところが、三宅修が乗ったと思われる、三月三十一日の新宿発の『ムーンライトえちご』に、橋本の探しているこの娘さんも、乗ったというんです。偶然かもしれませんが、ひょっとすると、この二人は、どこかで、つながっているのかもしれません。警部は、どう思われますか？」

「私は、今、長岡にいるわけでもないし、橋本の話を、直接きいたわけでもない。だから、君たちのほうが、正しい判断が、つくんじゃないのか？」

十津川は、そんないい方をした。

「今もいいましたように、二人が、どこかで、つながっているような気がして、仕方がありません。同じ日の同じ時刻の『ムーンライトえちご』に乗っていた二人が、どちらも、行方不明になってしまっています。もう一つ、気になるのは、橋本が探している、江見はるかという女性は、大学時代にクラブで二年間、アルバイトをして一千万円を貯めて、それを持って郷里に帰ろうとしていたと、思われるんです。もし、こちらの探している、三宅修が、そのことを知っていたとすると、好きなガールフレンドのために、その一千万円を、手に入れようとしたとしても、決して、不思議ではありません。これは、あくまでも、私の勝手な想像なんですが」

西本は、いった。

「わかった」

と、電話の向こうで、十津川が、いった。

「あと二、三日そちらにいて、橋本の仕事を手伝ってやりたまえ。ひょっとすると、こちらの事件の解決にも、役立つかもしれんからな」

4

西本と日下は、食事を始めている橋本たちの席に歩いていって、江見はるかの母親、文子に自己紹介した後、

「今、十津川警部と電話で話をしたんだが、どうやら、君たちが、探している娘さんの話と、われわれが探している殺人事件の容疑者の話とは、どこかで、結びつくのかもしれない。少なくとも、三月三十一日の新宿発の『ムーンライトえちご』に、そちらの娘さんも、乗っていたというし、こちらの容疑者の三宅修も、乗っていたと思われる。その点では一致しているからね。十津川警部から、もうしばらく、長岡に残っ

て、君たちに、力を貸してやれと、いわれたんだ。だから、君の仕事に、協力することにする」

と、西本は、橋本に、いった。

江見文子のほうは、訳がわからないといった表情で、きょとんとしている。

そんな文子に向かって、橋本が、

「私たちの娘さん探しに、この二人の刑事が、協力してくれるそうですよ。二人とも、私の友人ですから、信用して大丈夫ですよ」

と、いった。

「本当に、刑事さんたちが、協力してくれるんですか？」

半信半疑の顔で、文子が、西本と日下の顔を見た。

「喜んでお手伝いしますよ」

西本が、大きくうなずいてみせた。

5

橋本と、江見文子の食事が済むと、四人で連れだって、在来線の長岡駅の改札口に行き、四月一日未明に、改札をやっていたという駅員に会った。

西本が、改めて、駅員に警察手帳を示してから、

「さっき、こちらの二人に、話をされたと思うのですが、われわれにも、同じことを話してくれませんか？　四月一日の午前三時三十九分に、この長岡駅に到着した『ムーンライトえちご』から、五人の女性が降りてきたそうですね？　これは、間違いありませんか？」

「その通りで、間違いありません。一塊《ひとかたま》りになって降りてきたので、よく覚えているんです。その中の一人が、五人分の切符を差し出しました。そのことも、はっきりと覚えています」

と、駅員は、いった。

「五人とも、同じ切符でしたか？　どこまでの切符か、覚えていますか？」

日下が、きいた。

「五人とも、終点の、新潟までの切符をお持ちでした。ですから、途中下車かと、思ったのですが、切符を渡して、サッサと、降りていってしまいました。そんなこともあって、余計に覚えているんです」

「その五人の女性ですが、年齢は、いくつぐらいでしたか？」

「全員、二十代に見えました」

「その五人の中に、この女性は、いませんでしたか？　さっきも答えてもらいましたが、もう一度よく見てほしいんですよ」

橋本が、江見はるかの写真を見せて、きくと、駅員は、じっと写真を見てから、

「この人が、いたかもしれませんが、さっきも、いったように、よく覚えていないんですよ。何しろ、五人が、一塊りになって、降りていってしまいましたからね。一人一人の顔は、覚えていないんです」

駅員が、申し訳なさそうに、いった。

「この男も、同じ列車から、降りてきたのではないかと、思うんですが、どうですか？　覚えていませんか？」

今度は、西本が、三宅修の顔写真を、見せて、きいた。

「はっきりとは、覚えていませんが、五人の女性のグループの後ろから、若い男性の乗客が一人、降りていったことは、間違いありません。もしかすると、この男の人かもしれませんが、つい、女性グループのほうに、気を取られてしまっていましたので、はっきりとはしません」

若い駅員は、また、申し訳なさそうに、いった。

「その若い男の様子は、どうでしたか？　若い女性の五人連れとは、まったく関係がないような、様子でしたか？」

今度は、日下が、きいた。

「別々に、降りていらっしゃいましたけど、五人の女性が、一塊りになって、改札を出ていくと、その男の人も、急に、その女性たちの、あとを追うようにして、降りていったんです」

と、駅員が、いった。

6

この後、西本が、橋本に、いった。

「駅員のいった、五人の若い女性のグループだが、その中に、君たちの探している、江見はるかが、いたとする。そうなると、四人の女性が、江見はるかを囲むようにして、この駅で降りていった。つまり、誘拐したと、見てもいいんじゃないのか？」

「確かに、そう見ていいと、俺も思っている。問題は、誘拐したとして、四人の女が、江見はるかを、どこに連れていったのか、ということになるんだ」

「駅員は、五人とも、この長岡までの切符ではなくて、終点の新潟までの、切符を持っていたと、そういっていたな」

「その中に、江見はるかが、いたとすると、彼女は、新潟の実家に、帰るつもりだったのだから、新潟までの切符を持っていても、不思議はないが、問題は、ほかの四人だ」

と、橋本が、いうと、

「列車が停車するどこの駅で、江見はるかを誘拐するか、新宿で『ムーンライトえちご』に乗る時は、はっきりしてなかったから、取りあえず、終点の、新潟までの切符を買ったんだろう。僕は、そんなふうに思うがね」

と、日下が、いった。

「その点は、同感だ」

橋本が、うなずく。

「そうすると、彼女たちは、前もって、この長岡に、逃走用の車を用意しておいたり、監禁場所を、決めておいたとは、思えないね」

と、西本が、いった。

「となると、四人はここで、レンタカーを借りて、その車で、江見はるかを、どこかに連れていったんじゃないか。僕は、そう思うがね」

日下が、いう。

「じゃあ、レンタカーの営業所を当たってみよう」

橋本が、応じた。

駅の近くに、レンタカーの営業所があった。

大勢で押しかけては、相手が萎縮《いしゅく》してしまうだろう。そう思って、日下一人が、その営業所に、入っていった。

日下は、そこにいた、男の事務員に、警察手帳を見せてから、

「四月一日の午前三時から四時にかけてなんですが、その時間でも、この営業所は、営業していましたか？」

と、まず、きいた。

「昔は、そんな時間には、営業などしていなかったんですが、夜行列車が、着くようになって、降りてきた乗客の中に、レンタカーを借りたいという人が、何人もいるようになったので、ウチでも、夜行列車の到着時刻に合わせて、三時には、もう店を開けているように、しています」

「四月一日の午前四時前後に、若い女性が、ここから、レンタカーを借りていかなか

ったかどうか、教えて、もらえませんか？」

日下が、いうと、事務員は、

「そうですね。四月一日の午前四時頃ですかね。確かに、若い女性が、車を借りて、いきましたよ」

そういって、帳簿を見せてくれた。

確かに、四月一日午前四時と、時刻が書かれ、そこに、秋山香織《あきやまかおり》という名前が、書かれてあった。

その秋山香織の、免許証の写しも添付されていた。年齢二十六歳。住所は、東京の世田谷になっていた。

借りた車種は、白のトヨタセルシオである。

「このセルシオを借りた、秋山香織という女性ですが、一人で来たんですか？」

日下が、きいた。

「ええ、店には、一人で見えましたよ。でも、お仲間がいたと思います」

「どうしてですか？」

「車を借りる手続きをした後で、駅のほうに向かって、手を挙げていましたから、おそらく、車が借りられたということを、お仲間に合図していたのだと、思いますね」

事務員が、笑って、みせた。

「それで、車は、いつ、返ってきたのですか？」

「丸一日経《た》った今朝早くに、秋山香織さんご本人が、車を返しに見えました」

「その時も一人でしたか？」

「ええ、一人で、返しに見えました」

「丸一日借りていたといいましたが、その間、走行したのは、どれくらいか、わかりますか？」

「確か、二二三キロでした」

事務員は、いった。

「その車は、今もここにありますか？」

「いえ、今朝早く、山形の男性が、借りていってしまったので、今は、ここにありません」

事務員は、そういってから、急に心配顔になって、

「あの車が、何かの犯罪にでも、使われたんでしょうか？」

と、きいた。

「いや、そんな心配は、ありませんよ。ただ、ちょっと、気になったことが、あった

ものですから。どうもありがとう」

日下は、礼をいって、営業所の外に出た。

7

日下は、三人のところに戻ると、

「やはり、あそこで、若い女性が一人、四月一日の午前四時頃、車を借りている。その女性の名前は、秋山香織、年齢は二十六歳で、東京の人間だ。店に車を借りに来たのは一人だったが、しかし、借りた後で、駅のほうに向かって、合図をするように手を挙げていたから、何人か、仲間がいたのは、間違いない。営業所の事務員は、そういっている。丸一日経ってから、同じ秋山香織という女性が、その車を、返しに来た。車は、白のセルシオで、一日で二二三キロ走っていたそうだ」

「やはり、車を借りたのか？　もし、江見はるかを、誘拐した女性たちが、そのレンタカーで、彼女を、どこかに連れていったとすれば、この長岡から片道一一一・五キロの圏内のどこかということに、なってくる」

橋本は、いい、そばにいる、江見文子に向かって、

「まだ断定はできませんが、少しずつ、はるかさんに、近づいている感じですよ」

と、励《はげ》ますように、いった。

西本は、もう一度、東京の十津川警部に、電話をかけた。

「四月一日の、午前三時三十九分に『ムーンライトえちご』は、この長岡駅に着きましたが、その時、若い女性の五人組と、三宅修と思える、男が降りたことを、駅員が覚えていました。三宅修と思える男は、その五人の女性たちに、興味を持って、あとをつけていたような感じもしたと、駅員は証言しています。その五人の中に、さっき話をした、アルバイトで一千万円を稼いだ、江見はるかが一緒だったと思われますが、四人の女性が、新潟まで行く予定の、江見はるかを強引に降ろして、どこかへ、連れ去ったのかもしれません。長岡駅の近くのレンタカーの営業所で、きいたところ、その四人の女性の一人と思われる、秋山香織という女性が、車を借りています。私の想像では、そのレンタカーに、誘拐した江見はるかを乗せて、どこかに、連れ去ったと思えて仕方がありません。それで、警部に、お願いがあるのですが」

と、いうと、十津川は、

「わかっている。その四人の女性が、江見はるかという、娘さんを誘拐して、長岡で降りた。その中に、秋山香織という女性がいるから、彼女について調べてほしい。そういうことだな？　住所をいってくれれば、すぐに調べるよ」

十津川は、いった。

「住所ですが、東京世田谷の、マンションになっています。今から、そのマンションの住所と名前を、いいます」

と、西本は、いった。

その後で、

「実は、ほかにもう一つ、調べていただきたいことが、あるんですが」

「誘拐されたと思われる、江見はるかという、女性のことだろう？　彼女のことも、すぐに調べさせるよ。君は彼女が、大学時代の二年間、クラブでアルバイトして、一千万円を稼いだといっていたが、その店の名前は、わかっているのか？」

「橋本の話では、新宿歌舞伎町の、『ルージュ』というクラブだそうです」

「新宿の歌舞伎町というと、例の『ラッキー』というパチンコ店も、確か、同じ歌舞伎町だったな？」

「そうなんです。ですから、三宅修が、江見はるかという娘さんのことを、知っていた可能性も、大いにあるんです。同じ歌舞伎町で働いていた、若い男と女ですからね。三宅修が、江見はるかの働いていたクラブに、飲みに行ったことも、考えられますし、反対に、ホステスのアルバイトをやっていた江見はるかが、時間つぶしに、三宅修の働いていたパチンコ店『ラッキー』に、行ったことも考えられます。ですから、是非、江見はるかについて、調べていただきたいのです。間違いなく、一千万円を稼いで、郷里の新潟に、帰る予定だったか、どうかをです」

西本が、いうと、十津川は、

「わかった。そのことも、すぐ誰かに調べさせる」

8

十津川は、三田村《みたむら》刑事と、北条早苗《ほうじょうさなえ》刑事の二人を呼んで、新宿歌舞伎町の、「ルージュ」というクラブに行って、江見はるかのことを、きいてくるようにいった。

「彼女は、今年の三月に、大学を卒業したんだが、大学の二年間、アルバイトでその『ルージュ』というクラブで働いて、一千万円を稼いだと、思われているんだ。このことが、間違いないかどうか、調べてきてくれ」

と、十津川は、いった。

三田村と北条早苗の二人が、すぐ、新宿歌舞伎町に、飛んでいった。

「ルージュ」というクラブは、すぐにわかった。開店前だったが、折よくママが出勤していたので、ママに会った。

三田村が、警察手帳を見せて、

「ここで三月まで働いていた、江見はるかという女子大生について、話をきかせてもらいたいんだよ」

ママは、小さく肩をすくめて、

「刑事さんは、どうして、彼女のことを、お知りになりたいんですか？　昨日、私立探偵の人が、彼女のことを、ききにやって来ましたが、あの娘《こ》、何か、悪いことでも、やったんですか？」

と、きいた。

「いや、別に、何かを、やったというわけではないんだ。彼女は二年間、ここで働いていたと、いうことなんだが、その間に、一千万円貯めたという噂があってね、それが、本当の話なのかどうか、それが知りたいだけなんだ」

三田村が、いった。

「また、その話ですか？」

と、ママが、ほっとした顔で、笑う。

「前に来たという私立探偵も、同じことを、きいたんですか?」

早苗が、きいた。

「そうなんですよ。本当に、一千万円貯めたのかどうか、そのことを、しつこくきいていましたよ」

「それで、本当に、ここで働いて、一千万円もの大金を、貯めたのかね?」

三田村が、きいた。

「ええ、間違いなく、一千万円は、貯めたと思いますよ。あの学生さん、一生懸命、真面目に働いていたし、そのくらいの、給料は払っていましたからね」

と、ママが、いった。

「彼女に、特定の男がいたということは、なかったかな?」

三田村が、きいた。

「刑事さんは、稼いだ一千万円を、その男に貢《みつ》いでしまったんじゃないかと、そういいたいんですか?」

「そんなことは、考えていないが、どうなの? 彼女に、特定の男がいたのかね?」

「そういう男の人は、いなかったと思いますよ」

ママが、いった。

「もう一つききたいのは、彼女が、一千万円貯めたことを、知っている人がいるかどうかということなんです。ママさんは、知っていたみたいだけど、ほかに、この店で知っている人はいます？」

と、早苗が、きいた。

ママは、笑って、

「こういう、お金の話というのは、隠そうとしても、どうしても、自然に漏れてしまうものなんですよ。特に、学生さんが、アルバイトで働きに来ていて、二年間で一千万円も貯めたという話は、面白いでしょう？　だから、自然に、口から口に、伝わってしまうものでしてね。ここで働いているホステスの、何人かは知っていたと思うし、ウチのマネージャーだってもちろん、知っていましたよ。だって、給料の支払いは、マネージャーの仕事ですから、いろんな話をしているんです」

と、いった。

「全部で、何人ぐらいの人が、一千万円のことを知っていると思います？」

と、早苗が、きいた。

「そうねえ」

と、ママは、いって、指を折って数を数えていたが、

「ウチの店だけでも、四、五人は知っていたはず」

と、笑った。

「江見はるかさんは、三月三十一日の新宿発の夜行列車『ムーンライトえちご』で、郷里の新潟に帰ることになっていたんだけど、ママさんは、そのことも、知っていた?」

三田村が、きいた。

「郷里に帰るということは、彼女からきいていました。それがいつで、どの列車に乗るかということも、知っていましたよ」

「今、この店だけでも四、五人が、一千万円のことを、知っているといったけど、その中に、彼女が三月三十一日の夜行列車で、新潟に帰ることを、知っていた人は、いるの?」

「さあ、どうでしょうかね? そこまでは、わかりませんよ。ホステスの一人一人に、きいたわけじゃないから」

と、ママは、いった。

「ここで働いているホステスの中に、秋山香織という二十六歳の女性は、いないかね?」

三田村が、きいた。

「秋山香織ですって？」

と、ママは、きき返してから、

「そういう名前の女性は、ウチでは働いていませんよ」

と、二人の刑事に向かって、いった。

三田村と早苗は、森田《もりた》というマネージャーにも会って、話をきいたが、ママと同様だった。

9

三田村と北条早苗は、歌舞伎町の「ルージュ」を出た後、その足で、世田谷区太子《たいし》堂《どう》にある、マンションに向かった。

スカイコーポ世田谷という、七階建てのマンションである。そこに、秋山香織という女性が、住んでいるはずだった。

しかし、二人が、行ってみると、そこにはもう、秋山香織という女性は、住んでいなかった。

管理人に、話をきくと、

「確か、三月の三十一日ですが、午前中に、急に引っ越していきましたよ」

と、いう。

「どうして、急に引っ越したのですか？　その理由をいっていましたか？」

三田村が、きいた。

「いや、何もいわずに、急に、引っ越しますといって、出ていったんですよ。荷物は、適当に処分してほしい。そう、いいましてね。それで一応、処分をしたんですが、高く売れるようなものは、ほとんどなくて、引取り手数料も取られますから、トントンでしたよ」

管理人は、苦笑してみせた。

「秋山香織さんですが、ここの、何号室に住んでいたんですか？」

「三〇二号室ですが」

「仕事は、何をしていた女性なのか、わかりますか？　ＯＬだったとか、飲食店で働いていたとか、あるいは、ほかの仕事をやっていたかと、いうことですけど」

と、早苗が、きいた。

「それも、よくわかりませんね。でも、毎日決まった時刻に、出かけていくわけではなかったから、少なくとも、ＯＬではなかったと、思いますね」

管理人が、答える。

「ＯＬではなかった？」

「ええ、今流行《はやり》の、フリーターだったんじゃありませんか？」

と、管理人は、いった。

「誰か特定の人が、彼女に会いに来ていたりは、しませんでしたか？」

三田村が、きくと、管理人は、

「それも、わかりませんね。とにかく、秋山香織さんが、ここにいたのは、わずか三カ月くらいで、急に引っ越していってしまいましたから、私にも、よくわからないんですよ」

肩をすくめるようにして、いった。

三田村と北条早苗の二人は、マンションの三〇二号室を、管理する不動産屋を、教えてもらい、三軒茶屋《さんげんぢゃや》にある、Ｎ不動産に足を向けた。

Ｎ不動産の社員に、賃貸契約書を、見せてもらうと、連帯保証人は、千葉県の館山《たてやま》に、住む、叔父となっていた。

二人は、捜査本部に戻ると、十津川警部に報告した。

「江見はるかという女子大生が、新宿歌舞伎町の、『ルージュ』というクラブで働いていたことは、間違いありません。その店のママは、二年間のアルバイトで、一千万円は稼いだに違いない。そういっていましたし、その店だけでも、その一千万円について、四、五人が、知っていたはずだとも証言しています。次に、世田谷区太子堂のマンションに行ってみましたが、秋山香織という女性は、三月三十一日の、午前中に、引っ越してしまったそうです。そのマンションには、三カ月前に入居して、本当に三カ月で、あわただしく引っ越していったということで、管理人も、秋山香織という女性については、よく知らないようでした」

三田村が、いった。

「三月三十一日の午前中か。ということは、問題の『ムーンライトえちご』が出発した、その日じゃないか？」

十津川が、いった。

「ええ、そうなんです。秋山香織という女性ですが、おそらく、仲間と一緒に、江見はるかから、一千万円を奪おうと考え、午前中に、引っ越しを済ませ、夜の二十三時九分、新宿発の『ムーンライトえちご』に乗ったんじゃないかと思います」

三田村が、いった。

十津川は、館山署に、捜査協力を要請し、秋山香織の叔父への、事情聴取を、依頼することにした。

第五章　ある集団

1

江見はるかを取り囲んで、長岡駅で降りたと思われる、四人の女たちは、何らかの意味で、つながりがあるはずである。

とすれば、一人だけ、名前のわかっている、秋山香織という女性を、調べていけば、自然に、ほかの三人の女の名前も、わかってくるのではないか？

十津川は、そう考えた。

秋山香織の仕事は、どうやら、フリーターだったらしいから、ほかの三人との関係は、会社だとか、職場というものでは、ないだろう。

だとすると、学校の同窓だろうか？

館山署が、秋山香織の叔父に、事情聴取した結果、秋山香織の両親は、彼女が、高校三年生の時に、交通事故死していることが、わかった。叔父とも、普段は、疎遠な関係ということだった。

秋山香織は、大学を出ていない。

とすると、高校あるいは、中学の同窓生なのか？

秋山香織が、卒業したのは、世田谷のR高校である。有名な進学校で、女生徒でも、大学に行かない生徒は、落ちこぼれのように、扱われるという。

秋山香織を、含めた四人は、R高校の、落ちこぼれの仲間なのだろうか？

そんな推測を立てて、十津川と亀井は、R高校の、事務室を訪ねた。

そこで、十津川たちは、松沼《まつぬま》という職員から話をきいた。

このR高校では、二年生の時から、進学希望の者と、卒業後に、就職する者とに分けて、クラスをつくっているという。

大学受験をせず、R高校を、卒業したクラスの中に、間違いなく、秋山香織の名前があった。

「考え方によっては、就職組のほうが、豊かで、有意義な、高校生活を送れるかもしれませんよ。何しろ、進学組というのは、競争意識ばかりが強くて、クラブ活動などが疎《おろそ》かになりますからね。その点、就職組のほうは、ゴルフクラブに入ったり、あるいは、音楽のクラブに入って、卒業と同時に、何人かでグループをつくって、音楽関係の仕事を始める子もいますよ。学校のほうでも、希望すれば、簿記を教えたり、デザインを教えたりしていますから、一概《いちがい》に、どちらがいいとはいえませんね」

松沼は、いった。

「八年前に、この高校を卒業した、秋山香織ですが、在学中、どんなクラブに、入っていたか、わかりますか？」

十津川が、きいた。

松沼は、卒業年度ごとに、作っている写真集を持ち出してきて、見せてくれた。

八年前の、卒業生の写真集は、かなり、分厚いもので、そこには、卒業生たちの、部活の様子が、写真や、あるいは、感想文によって、綴《つづ》られていた。

秋山香織は、高校時代、二つのクラブに入っていた。一つは、映画の愛好クラブ、そして、もう一つは、漫画のクラブである。

「高校時代の秋山香織は、漫画を描《か》いていたのですか？　何となく、意外な感じがしますね」

十津川がいうと、松沼は、

「Kという雑誌社が、主催をしている、高校漫画選手権というのがありましてね。毎年、わが校からも、それに、参加しているんですよ。この年も確か、ここに出ている、秋山君たちが、五人のグループで、その高校漫画選手権に、出場しているはずですよ」

と、いった。

「その時の五人の名前は、わかりますか？」

「ええ、もちろん、わかりますよ」

松沼は、プリントされた、一冊の小冊子を、十津川に、見せてくれた。

それは、漫画の作品集というべきもので、その表紙に、五人の名前が、載《の》っていた。

男二人に、女三人である。

男のほうは、岩井洋介《いわいようすけ》、榊原俊《さかきばらしゅん》、女のほうは、高山真美《たかやままみ》、秋山香織、森田久美子《もりたくみこ》の三人である。

「この五人のグループですが、高校漫画選手権のほうは、どんな成績だったんですか？」

亀井が、その漫画集のページを、くりながら、松沼に、きいた。

「確か、四位になったんじゃなかったですかね？　私は、そんなふうに、記憶しています」

「この五人の中に、卒業後、プロの漫画家になった人は、いるんですか？」

十津川が、きくと、松沼は、笑って、

「いいえ、みんな、楽しみや趣味で、漫画を描いていただけですからね。その後、五人の誰かが、プロになったという話は、きいていません」

と、いった。

漫画集には、最後のページに、五人の似顔絵が、描いてあった。

「この五人ですが、現在の住所か、あるいは、電話番号は、わかりますか？」

十津川が、きくと、松沼は、

「一応、住所と電話番号は、同窓会名簿に、載せるため、こちらに、知らせてもらっていますが、しかし、毎年、それを確認しているわけでは、ありませんからね。現在も、そこに住んでいるかどうか、あるいは、電話番号が、合っているかどうかは、定かではありません。それでも、よろしければ、お教えします」

と、いい、学校側が、確認している五人の住所と電話番号を、教えてくれた。

秋山香織の現住所は、十津川たちが調べて、すでに、引っ越していることを確認した、あの世田谷のマンションに、なっている。

念のために、秋山香織が入っていた、もう一つのクラブ、映画愛好会のメンバーの住所と電話番号も、教えてもらうことにした。

十津川は、その二つのメンバー表を、捜査本部に持ち帰って、刑事たちに、二手に分かれて、当たってみるようにと、いった。

長岡から戻った、西本刑事は、十津川に向かって、

「電話で問い合わせたり、直《じか》に、会ってみますが、この中の誰が、例の四人組の一人かどうか、どうやって、見分けますか？」

「そんなのは簡単だよ。秋山香織を含めて、四人の女の気持ちになって、考えてみればいいんだ。何しろ、この四人は、江見はるかから一千万円を、巻き上げようとして、三月三十一日の夜に、新宿を出発した『ムーンライトえちご』に乗っている。その女たちが、今も、元の住所に住んでいて、こちらの問い合わせの、電話に出たり、刑事に、会ったりするものか。現に、秋山香織は、三月三十一日の『ムーンライトえちご』の出発直前に、突然、今まで、住んでいたマンションから、姿を消している。当然、ほかの三人も、同じような行動をしているはずだ」

と、十津川は、いった。

刑事たちは、十津川が持ち帰ったリストにある漫画集団のメンバーと、映画愛好会

のメンバーに、片っ端から、電話をかけていった。

その結果は、はっきりと出た。

映画愛好会のほうは、メンバーのほとんどが、電話口に出たのに対して、漫画集団の五人のほうは、秋山香織以外の女性二人、高山真美、森田久美子の二人と、男性の岩井洋介に、電話が通じないのである。

西本たちは、まずこの二人の女性の住所を、確かめるために、訪ねていった。

その結果を電話で、十津川に、知らせてきた。まず、高山真美のほうである。

松沼が教えてくれた住所は、横浜《よこはま》市旭《あさひ》区のマンションになっていた。そこに調べに行った、西本から、

「今、こちらに、来ていますが、高山真美は、去年の十月中旬に、このマンションに入居して、その時は、二年間の、賃貸契約をしています。しかし、今年の、三月二十八日になって、突然、引っ越しています。引っ越し先は、わかりません」

と、連絡があった。

もう一人の森田久美子のほうは、東京の中野《なかの》にある、これも、賃貸のマンションに住んでいたが、こちらは、日下刑事が調べ、電話で知らせてきた。

「森田久美子のほうは、三月の月末に、契約を解除して、引っ越しをしています。彼

女も、引っ越し先は、不明です」

その報告を受けて、十津川と亀井は、漫画集団の男二人の中の一人に、会ってみることにした。

榊原俊は、現在、成城《せいじょう》学園近くの、マンションに住んでいた。

十津川たちが訪ねていくと、榊原は、ちょうど、会社から帰ってきたところだった。

彼はフリーターではなくて、ある広告会社の正社員になっていた。

榊原は、二人の刑事を、部屋に入れると、自分でコーヒーを淹《い》れて、勧めてくれた。

「高校時代、五人で、漫画集団を、つくっていましてね。例の高校漫画選手権にも、五人で出たんですよ。今から考えると、その頃が、いちばん、楽しかったですね。高校の頃は、プロの漫画家になりたいという夢も、持っていましたが、しかし、卒業して、二十歳《はたち》を過ぎると、それほど、漫画の才能があるわけでも、ありませんから、やっぱり地道に、サラリーマンになりました」

と、榊原は、笑った。

「漫画集団のほかの四人とは、今でもつき合いがあるのですか？」

十津川は、きいてみた。

榊原は、自分で淹れたコーヒーを、一口飲んでから、

「R高校を卒業して二、三年は、つき合っていました。しかし、今はもう、つき合いがありませんね。こちらも、会社の仕事が忙しいし」

と、いった。

「その五人が写っている、写真があれば、見せていただけませんか？」

十津川が、頼むと、榊原は探してきてくれた。

「この中の、秋山香織という女性ですが、高校時代、あるいは、高校を卒業してからも、二、三年は連絡があったということですから、教えていただきたいのですが、どんな女性ですか？」

亀井が、きいた。

「秋山香織ですか？　そうですね。丸顔で、高校時代は、ちょっと、可愛かったかな。でも、それほど、目立つという存在ではなくて、卒業後、二、三回、同窓会を、やりましたが、その時も、彼女は、あまり目立ちませんでしたよ」

榊原が、いった。

十津川は、漫画集団五人の写真を、見ながら、

「では、この中で、目立つ女性というと、どの人ですか？」

と、きいた。

榊原は、自分を含めて、五人の写真を見ていたが、

「そうですね。いちばん、印象に残っているのは、この森田久美子かな」

と、一人の女を、指差した。

「どうして、彼女が、印象に、残っているんですか？」

「そうですね。いちばん、派手な感じだったからかな。高校時代も、彼女が、漫画集団のリーダーだったし、その後も、何回か、同窓会で会っている時も、森田久美子が、いちばん賑《にぎ》やかで、酒もよく飲んだし」

榊原が、笑った。

「この森田久美子という女性が、女性たちの中では、いちばん、派手な感じだったんですね？」

念を押すように、十津川が、きいた。

「そうですよ。高校時代も、そうだったけど、卒業した後は、いっそう、派手な感じになりましたよ。あれはやっぱり、お兄さんの影響じゃありませんかね」

と、榊原が、いった。

「お兄さんの影響というのは、どういうことですか？」

亀井が、すかさず、きいた。

「これは、彼女から、きいた話なんですけどね。彼女のお兄さんというのは、確か、新宿のクラブで、マネージャーを、やっているんだそうですよ。彼女自身が、派手な感じだから、お兄さんから時々、アルバイトでもいいから、ウチの店に、働きに来ないかと、誘われている。そんな話をしていましたよ」

と、榊原が、いった。

彼のその言葉で、十津川には、思い当たることがあった。

例の、新宿歌舞伎町のクラブ「ルージュ」のことである。

この店で、江見はるかが、アルバイトをしていたのだが、そこで、三田村刑事と北条早苗刑事の二人が、ママとマネージャーに会って、話をきいている。確か、そのマネージャーの名前が、森田というのではなかったか？

十津川は、榊原に、五人が写っている、写真を、提供してもらった後、別れると、すぐに、携帯で、新宿歌舞伎町のクラブ「ルージュ」に、電話をかけてみた。

ママを呼んでもらって、

「お宅のお店の、マネージャーですが、確か、名前は、森田さんというんじゃなかったですかね？」

確認するように、きいてみた。

「ええ、そうですよ。マネージャーの名前は、確かに、森田ですけど、それが、どうかしましたか？」

と、ママが、きく。

「いや、別に、何でもありませんが、ちょっと確認したいことが、ありましてね。森田さんは、今日は来ていますか？」

「ええ、もちろん、来ています。彼は、五年ほど前から、ここで働いてもらっています。真面目で、信用してますけど」

と、ママが、いう。

十津川は、相手に警戒されてはまずいと思い、すぐに、電話を切った。

もう一人の男性、岩井洋介には、その後も、連絡が取れなかった。

2

十津川は、捜査本部に、戻ると、まず、黒板に、三人の名前を書いた。

秋山香織、二十六歳

森田久美子、二十六歳
高山真美、二十六歳

この三人の名前である。

そして、森田久美子のところに線を引いて、そこに、

新宿歌舞伎町の、クラブ「ルージュ」のマネージャー、森田

と書いた。

捜査会議で、十津川が、力説した。

「この女三人が、今回の事件に、関係していることは、まず、間違いないと、私は、確信しています」

十津川は、捜査本部長の三上《みかみ》に向かって、いった。

「この三人は、高校時代、男二人の生徒と、五人で、漫画集団を、つくっていました。毎年行なわれる、漫画の高校選手権にも、この五人は参加していますが、学校側の話では、四位になったのが、最高だということです。五人は、高校を卒業した後、大学

には行かず、二、三回、同窓会を、開いていたようですが、男のメンバーである榊原俊は、地道に、サラリーマン生活を始めたので、つき合いが薄くなってしまったといっています。しかし、女三人のほうは、ずっと、つき合っていた。あるいは、いい方を変えれば、ずっと、三人でつるんでいたと、私は思うのです。三人とも、きちんと就職などはせず、フリーターみたいな生活を、していたのかもしれません。この中の森田久美子の兄が、新宿歌舞伎町のクラブ『ルージュ』で、マネージャーをやっています。二年間アルバイトをやって、一千万円を貯めたと思われている、江見はるかが、このクラブ『ルージュ』で働いていたのです。ママの話によれば、江見はるかが、二年間で、一千万円を貯めたことは、マネージャーも、知っているし、同僚のホステスの何人かも、知っているはずだと、いっていましたから、当然、マネージャーの森田は、その話を知っていて、妹の久美子に、話したんじゃないでしょうか？　江見はるかの一千万円の話をきいた森田久美子、秋山香織、高山真美の三人は、何とかして、その一千万円を、手に入れようと計画した。マネージャーの森田から、江見はるかが、一千万円を持って、三月三十一日夜の新宿発の『ムーンライトえちご』に乗ることを教えられ、何とかして、一千万円を奪おうと計画したとしても、おかしくはありません。そこで、三人はまず、今まで住んでいたマンションから、姿を消しました。そして、問題の『ムーンライトえちご』に、三月三十一日、切符を買って、それも、六号車の女性専用車両に、乗り込みました。江見はるかの顔は、森田久美子の兄から、教えられていた。あるいは、写真を見せられていただろうと思われます。彼女たちは、江見はるかと同じ、終点の新潟までの切符を買って、乗り込みました。そして、その途中で強引に、彼女を、列車から降ろしてしまおう。そう考えていたに、違いありません。列車が、長岡で停車した時、彼女たちは、江見はるかを、囲むようにして、脅かしながら列車から降ろし、改札口を抜けてしまったのです。その後、秋山香織がレンタカーを借り、全員で、江見はるかをその車に乗せて、どこかへ姿を消した。私は、そう考えています」

十津川は、自信を持って、いった。

「今の君の話をきいていると、二つ、疑問が出てくるね」

三上本部長が、いった。

「どんな疑問でしょうか?」

「まず、第一の疑問は、江見はるかを、囲むようにして、長岡で降りた女性たちは、全部で四人いたんだろう? 今、君の話をきいていると、三人しかいないじゃないか? 秋山香織、森田久美子、そして、高山真美の三人だ。その中の、森田久美子の兄が、問題のクラブのマネージャーだということから、事件に関係しているという君の推理は、間違っていないだろうと、私も思うが、人数が足りないよ。もう一人は、いったい、どこに、行ってしまったのかね？　これが、第一の疑問だ。それから、もう一つの疑問は、長岡で降りて、秋山香織の名前で、レンタカーを借りたというが、そのレンタカーで、女たちは、江見はるかを、どこに運んで、監禁しているのか？　それとも、すでに、殺害してしまっているのか？　その辺は、どう考えているのか？　答えてもらいたいね」

と、三上が、いった。

3

「本部長の疑問に、お答えいたします。まず、人数の件ですが、確かに、駅員たちの証言によっても、江見はるかを、長岡で、強引に降ろした女性たちは、全部で四人いたと、わかっています。ですから、もう一人、犯人がいたわけですが、秋山香織や森田久美子、そして、高山真美の三人が、まったく見ず知らずの、女性を、自分たちの計画に、誘い込むことはないと思いますから、残りの一人は、三人と、どこかで関係のあった、女性だということは、間違いないでしょう。ですから、秋山香織たち一人一人を調べていけば、残りの一人も、自然に浮かんでくると思っています。本部長の第二の疑問ですが、秋山香織は、長岡駅前の営業所からレンタカーを借りて、翌日、車を同じ営業所に返しに来ております。営業所の人間の証言によりますと、走行距離は、二二三キロとわかりました。ですから、片道一一一・五キロとなります。それに、少なくとも、二十四時間以内に往復できる圏内に、女性たちは、江見はるかを、連れていったものと思われますので、現在、向こうの県警に、その線に沿《そ》って、調べてもらっています。遠からず、その回答が、寄せられるものと期待しております」

「もう一つ、疑問があるよ」

と、三上が、いった。

「もともと、われわれが、捜査をしていたのは、江見はるかの件ではなくて、新宿の歌舞伎町で、殺されたパチンコ店『ラッキー』のオーナーの事件のはずだ。容疑者として浮かんだ三宅修の行方《ゆくえ》は、いったい、どうなっているのかね？」

「問題の三宅修ですが、江見はるかと同じように、同じ三月三十一日夜の新宿発の『ムーンライトえちご』で、郷里の長岡に帰ったことがわかっています。それに、その長岡には、三宅の両親が、仮設住宅に住んでいて、その仮設住宅を、県警の刑事たちが、見張っていますから、もし、三宅が、両親のところに寄ろうとすれば、逮捕されるものと、期待しています。もう一つは、三宅修と、江見はるかの関係です。二人はどちらも、新宿歌舞伎町の中の、パチンコ店とクラブで、働いていました。二人が、親しくしていたかどうかは、わかりませんが、お互いに、顔を知っていたということは、可能性があります。それに『ムーンライトえちご』の車掌や、あるいは、長岡駅の駅員の証言などによって、四人の女性が、江見はるかを、強引に長岡で降ろして、彼女を囲むようにして駅を出ていくのを、三宅修と思われる男が、あとをつけていたらしいという事実も、判明しています。それからもう一つ、三宅修は、パチンコ店の社長を殺した後、社長室にあった金庫から、五百万円の現金を持ち逃げしていますが、その五百万円は、地震で、経営していた飲食店を失ってしまった、両親が立ち直るために、差しあたって、必要な金額と同じなんです。ですから、三宅修は、何とかその五百万円を手に入れたいと思って、社長を殺し、五百万円を奪って、逃亡したものと、われわれは考えています。また、三宅には、好きなガールフレンドがいて、そのガールフレンドの家は、コイの養殖を、やっていたのですが、彼女の家も、やはり、今回の地震で壊滅的な損害を受けています。こちらの、コイの養殖池のほうは、復興には、差しあたって、一千万円の資金が必要で、これも、公《おおやけ》になっていますから、三宅修は、五百万円を、両親に渡した後、江見はるかの一千万円のことも知っていたので、それも、何とか手に入れようとして、動きまわっているということも、十分に考えられます。この私の推理が当たっているとすると、二つの事件は、一見すると別々に見えますが、実は、どこかでつながっていて、二つの事件を、同時に解決する方法が、見つかるかもしれません。私は、そのことに期待をかけています」

と、十津川は、いった。

十津川の説明に対して、三上は、さらに、厳《きび》しい表情になって、

「一つだけ、はっきりとしておきたいことがある。現在、われわれ捜査一課が、捜査しているのは、三月三十一日の夜、新宿の歌舞伎町で起きたパチンコ店『ラッキー』の経営者殺しなんだ。それを忘れてもらっては、困る。犯人として、われわれは、そのパチンコ店の従業員、三宅修と断定し、彼を追って長岡へ行ったこと。それは、忘れてはならないことだ。それに反して、同じ新宿歌舞伎町のクラブで働いていた大学生、江見はるかの件は、別の事件、それも、誘拐とも、殺人とも、決まったわけじゃない。つまり、われわれが扱うべき事件じゃ、まだないんだ。君は、四人の女性が、江見はるかが、二年間のアルバイトで貯めた一千万円を狙って、彼女を誘拐したといっているが、確固とした証拠が、あるわけではないだろう。それは、君も認めている

じゃないか。君は、ひょっとすると、この二つの事件が、結びつくかもしれませんといっているが、それだって、確固とした証拠があって、そういっているわけじゃないだろう？　そうなるとだね、われわれが、追わなくてはならないのは、あくまでもパチンコ店の経営者殺しの容疑者、三宅修なんだ。絶対に、江見はるかでもないし、彼女を誘拐したと思われている、四人の女性でもないんだ。このところを間違えると、取り返しのつかないことになるぞ」

三上は、脅かすように、いった。

それに対して、十津川は、一応、うなずいてから、

「確かに、本部長のいわれる通りです。われわれが追うべきは、あくまでも、三宅修です。それは、私も承知しています。ただ、私が、一つだけいいたいのは、現在の三宅修の居所《いどころ》なのです。県警が、三宅修の両親が住んでいる、長岡市内の仮設住宅の周辺を警戒してくれていますが、いまだに、三宅修の姿は、見つかっていません。これもまた、ひょっとしてですが、三宅は、もう一つの事件、江見はるかを、誘拐した四人の女性、そのほうに、関心が移っていて、彼女たちを追いかけていったのでは、ないでしょうか？　そうだとしますと、三宅修を逮捕するためには、江見はるかを誘拐した、四人の女性を追う必要が出てきます」

「その可能性は、どのくらいあるのかね？　第一、同じ新宿の歌舞伎町で、働いていたとしても、三宅修が、江見はるかを、知っていたという証拠は、あるのかね？」

三上が、意地わるくきいた。

「その点ですが、私は、パチンコ店『ラッキー』の従業員たちに会って、同僚だった三宅修について、きいてくるようにと、刑事たちに指示しました。その結果、従業員たちの何人かが、休みの日に、三宅修と一緒に、クラブ『ルージュ』に、遊びに行ったことがあると証言しました。間違いなく、三宅修は、江見はるかの働いていた、クラブ『ルージュ』に行ったことがある。ということは、江見はるかの顔を知っているという可能性が、大きいと思っています」

「しかし、江見はるかが、二年間のアルバイトで一千万円を貯めて、それを持って、故郷の新潟に帰ろうとしていた。そのことを、三宅が知っていたという、確証のほうは、どうなのかね？　あるのかね？」

三上が、きいた。

「確かに、その点は、はっきりとは、していません。しかし、今も申し上げたように、三宅修は、何回か、同僚の従業員と一緒に、江見はるかの働いていた、クラブに行っていますから、その時、一千万円のことを、耳にしていたかもしれません」

「しかしだね、一千万円を、貯めていた江見はるかが、自分のほうから、客の三宅修に、そんなことを話すかね？」

「もちろん、それは、話さないでしょう。私が考えるのは、江見はるかの、同僚のホステスたちのことです。ママの話でも、一千万円のことを知っていた、同僚のホステスは、何人かいたようですし、もちろん、マネージャーも知っていた。そういっていましたから、そのホステスと、一緒に飲んでいる時に、何かの拍子《ひょうし》に、一千万円のことが、ホステスの口から、漏《も》れたのかもしれません。例えば、そのホステスがですね、酔った勢いで、向こうのテーブルのあの娘《こ》は、大学生で、アルバイトに来ているんだけど、もう二年間で、一千万円も、貯めたって噂なのよと、いったような話を、三宅修にしたのかも、しれません。もちろん、その時、三宅は、その一千万円をどうしようということは、考えなかったと、思うんですが」

「それで、どうなるんだ？」

三上が、十津川を、うながす。

「偶然ですが、三宅も、三月三十一日の夜の『ムーンライトえちご』に乗った。そして、長岡の駅で、四人の女性に囲まれて降りていく江見はるかを見た時、三宅は、前に、クラブのホステスからきいた、一千万円の話を思い出したかもしれません。そして、どこかに、誘拐されそうな感じだった江見はるかを、追いかけていったのかもしれません」

「三宅修が、江見はるかを誘拐した、四人の女性を追いかけている。それだって、あくまでも、君の想像だろう？」

三上が、いった。

「その通りですが、しかし、可能性は、大いにあると、私は思っています」

「君が、可能性が大きいという理由は、何なんだ？」

三上が、また、きいた。

どう答えたらいいかと、十津川が、考えていると、追い打ちを、かけるように、

「それに、君は、もう一つ、忘れていることがあるぞ」

と、三上が、いった。

「どんなことでしょうか？」

「いいかね、西本と日下の二人が、長岡市内の、仮設住宅に住んでいる三宅修の両親を訪ねていった。その時は、母親しかいなかったが、二人の刑事は、素早く、部屋のくずかごの中に、三宅修が使っていたと思える、血のついた絆創膏を、発見している。これは、間違いないね？」

「ええ、その通りです」

「だとすれば、三宅修は、両親のところに、一回は、帰っているんだ。そして、その後、どこかに姿を消した。これも、間違いないね？」

「はい、間違いありません」

「そうだとすれば、三月三十一日の夜に、新宿駅から出発した『ムーンライトえちご』に、たまたま、三宅修と、江見はるかが、乗っていた。そして、長岡駅で、三宅が、四人の女に囲まれて降りていく江見はるかを見て、そのあとを追ったと、君は、いっているが、しかし、三宅は、長岡市内の、仮設住宅に住む両親のところに、行ったんじゃないのかね？」

「三上本部長に、一つだけ、いいたいことがあります」

「何だね？」

「確かに、西本刑事と日下刑事の二人が、長岡の仮設住宅に、三宅修の両親を訪ねていって、そこで、血のついた絆創膏から、三宅が帰ったことを確認しています」

「それは、今、私がいったんだ」

「しかし、西本と日下の二人の刑事が、長岡に行ったのは、半日遅れているんです。三宅修が、三月三十一日夜の『ムーンライトえちご』に乗ったのではないかと考えたのは、事件があった日ではなくて、その翌日ですから、間違いなく、半日遅れて、長岡に行っているわけです。ですから、四月一日の早朝、長岡駅で江見はるかを、四人の女性が、囲んで降りていくのを三宅が見て、それを不審に思って尾行し、彼女が、どこに監禁されたか、それを見届けてから、長岡市内の仮設住宅に住んでいる、両親のところに行ったとしても、時間的には、決しておかしくはないんです。それだけの時間の余裕は、あるはずですから」

十津川が、説明した。

十津川の言葉に、三上本部長は、一瞬、たじろいだが、

「しかしだね、もし、三宅修が、四人の女性に誘拐された江見はるかが、どこに、監禁されているのかを確認したとすれば、どうして、それを、今まで、黙っているのかね？　どうして、警察に連絡しないんだ？」

「三宅修は、殺人を犯して、逃げているんです。そんな三宅が、警察に、自分の見たことを連絡してくるとは、思えません」

「それは、君のいう通りかもしれんが、しかし、三宅修が、誘拐された江見はるかの居所を確認しているとして、この誘拐騒ぎに、一千万円が絡《から》んでいると、三宅は、どうして知ったと思うのかね？　もし、知らなければ、三宅は、今にも、仮設住宅の両

親のところに、現われるんじゃないのかね？」

三上が、いう。

「確かに、部長のいわれる通り、その点が問題だと、私も思っております」

十津川も、いった。

「その先をいってみたまえ」

「今も申し上げたように、三宅修が、何回か、江見はるかの働いていたクラブ『ルージュ』に遊びに行っていたことは、これは、間違いありません。その時に、江見はるかの同僚のホステスから、一千万円のことをきいた、可能性もあるわけです。しかし、これは、あくまでも、本部長のいわれるように、私の、勝手な想像ですから、もし、三宅修が、一千万円のことを知っていて、江見はるかと、彼女を誘拐したと、思われる四人の女性を尾行したのかどうか、あるいは、一千万円のことを、知らずに、ただ単に、自分が遊びに行ったことのある店のホステス、江見はるかのことが、気になったので尾行したのか、そのどちらかは、正直いって、私には、わかりません」

と、十津川は、いった後、

「しかし、私は、三宅修が、尾行したとすれば、一千万円のことを、知っていた可能性が強いと、思いますね」

「だから、その理由を、いってみたまえ」

三上が少しばかり、いらついた眼で、十津川を見た。

「殺人容疑者の三宅修が、いったいどんな男なのか、それを、調べてみたところ、こんな答えが出ました。これは、同じパチンコ店で、働いている同僚たちの証言なんですが、三宅というのは、優しくて、親思いの青年。そういう評価に、なっています。今回、たまたま、パチンコ店のオーナーを、殺してしまい、その上、五百万円を、奪って逃走しましたが、私には、偶然の犯行のように、思えるのです。こうした三宅修の性格を考えますと、もし、彼が、一千万円のことを知らず、ただ、自分の知っている女性が、誘拐されそうになっているのを見て、それを心配して、尾行したのだとすれば、警察に、そのことを、知らせるはずだと、思うのですよ。さっきは、三宅修は、殺人犯だから、警察に連絡するはずはないと、申し上げましたが、しかし、一千万円のことがなければ、警察に、連絡しているのではないかと、そう考えるように、なりました。何も本名をいわなくても、匿名《とくめい》で一一〇番して、そのまま、逃げてしまえばいいんですからね。しかし、一千万円のことを、知っているとすれば、話は別です。三宅のガールフレンドの両親がやっていたコイの養殖池が、地震で壊滅し、差しあたって、一千万円が必要だといわれています。彼は、そのことを、知っていました。もし、江見はるかの一千万円のことを知っていれば、何とかして、その一千万円を、手に入れて、好きなガールフレンドの実家を、助けようとするのではないでしょうか？　ですから、三宅は、警察に、江見はるかのことを、いわなかった。私は、そう考えます」

4

三上本部長は、今度は、亀井刑事たちの顔を見渡して、

「君たちにも、ききたいんだが、今、十津川警部は、三宅修が、長岡で誘拐されたと思われる、江見はるかの一千万円を狙っている。そういっているんだが、君たちは、この考えに、賛成かね？」

「私は、十津川警部の考えに、賛成です」

亀井刑事が、ほかの刑事を、代表するような形で、いった。

ほかの刑事も、黙ってうなずく。

「だとすればだね。この捜査本部は、パチンコ店の、オーナー殺害事件の、捜査本部なんだが、それでもなお、三宅修一本に絞らず、江見はるかの、一千万円事件のほう

も捜査すべきだと、思っているのか？」

三上が、刑事たちの顔を、もう一度、見渡した。

今度は、西本刑事が、

「私は、当然、両方の事件を、追うべきだと考えます」

「そうか。君たちの考えは、よくわかった。それで、確認しておきたいのだが、現在、江見はるかの捜索は、新潟県警のほうに依頼しているんだね？」

三上が、十津川に、きいた。

「その通りです。こちらでわかっている、情報をすべて、県警に知らせて、その上で、江見はるかが、どこに、誘拐されてしまったのかを、調べてもらっています」

「しかし、まだ、何の報告もないいんじゃないのかね？」

「ええ、その通りです。まだ、何の連絡もありません」

「県警以外に、江見はるかを、追っている人間は、いないのか？」

三上が、きいた。

「私立探偵の橋本豊が、江見はるかの母親に依頼されて、彼女を、探しています」

と、十津川が、答えた。

「その橋本豊というのは、以前、捜査一課にいて、刑事事件を起こして、懲戒免職になった、あの橋本豊のことじゃ、ないのかね？」

「本部長がおっしゃる通り、その橋本豊です」

「もちろん、犯罪歴があったとしても、私立探偵になって、悪いということはない。しかしだね、その橋本豊に、捜査一課の人間が、協力することは、この私が、絶対に許さんぞ。そんなことをして、もし、バレでもしたら、マスコミに、叩かれるに決まっているからだ。それは、十津川君も、よくわかっているはずだな？」

確認するように、三上が、いった。

「もちろん、その点は、十分にわかっています」

と、十津川は、いった。

「わかっていればいいんだ。とにかく、慎重にやりたまえ」

三上は、それが結論のように、いった。

5

捜査会議が終わると、十津川は、橋本豊に、電話をかけた。

すぐ、橋本が、携帯に出た。

「今、どこにいるんだ？」

と、十津川が、きいた。

「今、長岡駅近くの食堂で、江見はるかの母親の文子さんと、食事を取っているところです」

と、橋本が、いう。

「どうだ、江見はるかの行方は、わかりそうか？」

「いろいろと、当たってみたのですが、残念ながら、皆目《かいもく》、見当がつきません。こうむずかしくなってくると、警察という、後ろ盾《だて》があった頃が、つくづく、懐かしくなってきますよ。一人では、なかなか、探せませんからね」

橋本には珍しく、弱音《よわね》を吐いた。

「これは、三上本部長から、クギを刺されたのだが、君には、絶対に協力するなといわれたんだよ。しかし、一つだけ、君に情報をやろう。長岡駅で、江見はるかを、囲んで降りた四人の若い女たちだけどね。そのうちの三人の名前が、わかったんだ。今からいうから、手帳にでも、書き留めておくといい。高山真美、秋山香織、そして、森田久美子の三人だ。彼女たちは、高校時代の同窓生で、当時、漫画集団をつくって、漫画の、高校選手権にも出ている」

「この三人のうちの秋山香織ですが、長岡駅前の営業所で、レンタカーを借りた女ですね」

「そうだ。私の推測では、そのレンタカーで、どこかへ、江見はるかを連れ去ったと、思っている」

「いったい、彼女たちは、どこへ、江見はるかを、連れていったんでしょうか？」

「それがわかれば、もう、刑事を、その場所に、急行させているよ」

「私の考えでは、江見はるかが、貯めた一千万円を狙って、今、警部がいわれた三人と、もう一人が、彼女を、誘拐したとしか思えませんが、どうして、彼女たちは、江見はるかが、一千万円貯めたということを、知っていたんでしょうか？」

「それも、こちらで調べたよ。今いった三人の女のうちの一人、森田久美子だが、彼女の兄が、江見はるかの働いていた、新宿歌舞伎町のクラブ『ルージュ』のマネージャーをやっているんだ。その店のママの話では、一千万円の件は、マネージャーや、何人かのホステスは、知っていたそうだからね。おそらく、そのマネージャーの口から、妹の森田久美子に、一千万円の件が、伝わったんだろうと思うよ。彼女は、ほかの二人と、共謀して、長岡で、江見はるかを、誘拐したんだろう」

「わかりましたが、今、警部がいわれたのは、三人ですよ。長岡駅では、四人の女性が、江見はるかを、取り囲んで、連れ去ったんです。もう一人の女性は、わかりませんか？」

橋本が、当然の質問をする。

「残念ながら、わからないんだ。もちろん、今いった、三人の女の知り合いだろうということは、わかっている。まったくの他人が、誘拐事件に、力を貸すとは、思えないからね」

と、十津川は、いった。

橋本への電話が終わった直後、今度は、新潟県警から、ファックスが、送られてきた。

〈新潟県内に、旧山古志村と同じように、今回の地震で、大きな被害を受けた旧S村があります。

長岡から、その旧S村に向かう道路は、一応復旧したのですが、その旧S村にあった、二十八戸の農家は、すべて、倒壊するか、半壊してしまって、現在、住民は、長岡市内の仮設住宅で生活しております。

そちらから、ご依頼のあった江見はるかと、彼女を誘拐したと、思われる四人の女の行方ですが、どうやら、この旧S村の、半壊した農家に、隠れているのではないかと、思われるフシがありました。

そこで、本日、二台のパトカーで、旧S村に行き、問題の家屋を、探したのですが、残念ながら、それらしい人間は、一人も見つかりませんでした。

その代わり、広い家の中には、長岡市内のコンビニで買ったと思われる、菓子パンの袋や、牛乳パックや、あるいは、ロープなどが散乱して、発見されました。

それに、コンビニのレシートもありました。その日付から見て、四月一日に、レンタカーを借りた四人の女性が、江見はるかを、誘拐し、その半壊の農家に、監禁したものと思われます。

しかし、今書きましたように、江見はるかも、四人の女も、発見されませんでした。おそらく、警察が探すのを恐れて、またどこかに、連れ去ったものと、思われます。その場所についても、今後、こちらで、探してみますが、わかり次第、ご連絡したいと、思っております。

以上、ご報告いたします〉

第六章　新潟《にいがた》中央郵便局

1

四月七日の午後二時、長岡警察署の指令センターに、一一〇番があった。

〈新潟県警が探している女は、県内の旧X村にいる〉

若い男の声だった。

指令センターの係員が、

「もしもし。あなたのお名前を、おっしゃってください。どこから、おかけに、なっているんですか？」

「そんなことは、必要ない。とにかく、一刻も早く、旧X村に行け」

それだけいうと、男の声は、電話から消えた。

一一〇番は、相手が、電話を切っても、つながったままに、なっている。

指令センターでは、相手が、かけてきたのは、JR長岡駅構内の、公衆電話であることを、すぐに、突き止めた。

指令センターからの連絡を受け、パトカーが、長岡駅に急行した。男が使ったと、思われる公衆電話は、すぐに見つかったが、すでに、そこには、男の姿はなかった。

駅構内での、聞き込みから、午後二時頃、その公衆電話を使って、一一〇番したと思われる男が、浮かんできた。

その男は、年齢二十七、八歳、身長一七五センチぐらい、やや痩《や》せ形で、汚れた、ジャンパーにスニーカーという、ことだった。

一方、新潟県警では、男が、一一〇番で密告してきた県内の旧X村に、パトカー二台を、急行させることにした。電話の男が、いっていた、新潟県警が探している女というのは、協力要請があった行方不明になっている、江見はるかではないか？　そう思ったからである。

旧山古志村から、さらに山を越えたところに位置する、旧X村も、同じように、今回の地震で、大きな痛手を受けた、村の一つだった。山あいに点在する家の半数は、全壊し、残りの半壊の家の場合も、途中の道路が、壊滅したために、村人は、長岡市内の仮設住宅に、住むようになっていた。

地震からの復旧は、現在は、徐々に進んでいて、旧山古志村では、道路状態は、相変わらず悪いが、学校が、復旧したというニュースがあった。

旧X村のほうでも、まだ、住民たちは帰村こそできてはいないが、道路は、かなり、復旧してきている。

その工事中の道路を、二台の、パトカーが、旧X村に向かって、登っていった。

旧X村の全戸数は、三十二戸。そのうち、十六戸が、全壊し、残りの十六戸が、半壊である。その半壊の家も、現在、まだ、電気は通じていない。

旧X村に到着した、刑事たちは、その半壊の家を、一軒ずつ、調べていった。

多くの家が傾き、柱が折れたり、瓦《かわら》が落ちたりしている。人の気配はなかった。

九軒目の、これも、半壊の家に、刑事たちが入った時、そこに、人のいた気配を感じた。かなりの数の人間が、そこに、住んでいて、食事をしたり、寝たりしていたことは、明らかだった。

彼等は、かなり慌てて、立ち去ったらしく、部屋には、新品の毛布二枚などが、放り出されたままに、なっていた。

家の近くには、タイヤの、跡《あと》があった。どうやら、そのタイヤの跡や、タイヤ間の、距離などから見て、六人乗りの、大型の4WDカー、ワンボックスカーと、考えられた。

さらに、庭には、何かを焼いた跡が、あったが、すべてを、焼き切れなかったのか、コンビニで買ったと思われる、サンドイッチの包み紙や、牛乳のパック、あるいは、何に使ったのか、乾電池数個が、散乱していた。

新潟県警の鑑識も、旧X村に急行し、徹底的に、問題の家の中や、脇に停めてあったと思われる、ワンボックスカーについての、調査が行なわれた。

その結果、家の中にいたのは、四名から六名の、男女と断定された。室内の指紋、あるいは、落ちていた髪の毛、それから、紙コップについていた唾液《だえき》などが、徹底的に調べられた結果である。

2

このニュースは、東京の十津川のところに、橋本豊からも、電話で知らされた。

「すでに、警部もご存じかもしれませんが、新潟県の、旧X村の半壊の家にいた、男女四名から六名の中に、私が探している江見はるかが、いたことは、まず、間違いないと思われます。それで、これから、彼女の母親を連れて、旧X村に行こうと、思っているのですが、すでに、江見はるかも、彼女を誘拐したと思われる女たちも、旧X村からは、立ち去ってしまっているようです」

「その情報だったら、こちらにも、新潟県警から届いているよ。JR長岡駅の公衆電話から一一〇番してきた男の声も、送られてきたので、それを、パチンコ店の人間にも、きいてもらったが、間違いなく、三宅修の声らしい」

「すると、三宅修も、一緒に、監禁されていたんでしょうか？」

「その点は、わからない。監禁されていて、三宅だけ、逃げて、一一〇番したのかもしれないし、三宅が、誘拐され監禁されている、江見はるかと、彼女を誘拐した女たちを、どこかで監視していて、一一〇番してきたのかも、しれない。どちらともいえないが、私は、三宅が江見はるかと、一緒に監禁されていて、彼一人が逃亡し、一一〇番してきたと思っている」

「警部は、どうして、三宅修が、江見はるかと一緒に、監禁されていたと、思われるんですか？」

その橋本の問いには答えず、逆に、十津川は
「JR長岡駅と、旧X村との距離は、どれくらいあるんだ？」

「地元の人にきいたところ、道が悪いので、車で、たっぷり一時間半はかかる。そういって、います。現在、旧X村までの道路が、完全には、修復されていませんから、実際は、もっと、かかると思います」

「もし、三宅修が、監禁されていなくて、ただ遠くから、見張っていたとすれば、わざわざ、JR長岡駅まで行って、駅構内の、公衆電話を使うとは、思えない。携帯電話を、持っているだろうから、それで、すぐ一一〇番すればいいんだからね。おそらく、彼も、一緒に捕まっていて、携帯電話を取り上げられてしまっていた。そうとしか考えられないね」

と、十津川は、いった。

「これから、江見はるかの、母親を連れて、旧X村に行きますから、何かわかったら、すぐ連絡します」

「私も亀井刑事を連れて、長岡に行こうと、思っている。事件が動いているのは、長岡の周辺だからね」

十津川はすぐ、亀井のほかに、西本と日下の二人の刑事を、連れて、長岡に、向か

った。

途中の新幹線の中で、橋本から、二度目の電話がかかった。

「ただ今、旧X村に、来ています」

「何か、わかったか？」

「こちらの半壊の家屋に、江見はるかが、監禁されていたことが、明らかになりました」

「何か、具体的な証拠でも、見つかったのか？」

「これは、母親の文子が、見つけたんですが、壁に、小さく、丸が書かれて、その中に、ひらがなの『は』という字が書いてあったんです。母親の話によると、江見はるかは、ひらがなの『は』をサインとして、昔から、丸の中に、ひらがなの『は』を書いていたそうですから、おそらく、はるかが、犯人たちの目を盗んで、壁に小さく、そのサインを、しておいたんだと思いますね」

「丸に、ひらがなの『は』か？」

「そうです。現在、江見はるかを、誘拐し、監禁していると思われる容疑者たちの、名前の中に、丸に『は』を書く者はおりませんから、間違いなく、母親がいうように、江見はるかの、サインだと思います」

「それは、新潟県警にも、知らせたのか？」

「もちろん、知らせました」

「犯人たちや、江見はるかは、六人乗りの大型ワンボックスカーで、移動しているんだろう？　その車は、どこかで、レンタルしたものなのか？」

　十津川が、きくと、橋本は、

「わかりませんが、県警のほうは、盗まれた車ではないかと、考えているようです」

と、いった。

　JR長岡駅に着くと、西本と日下の二人を、長岡駅に残しておいて、十津川と亀井の二人が、新潟県警のパトカーで、旧X村に向かった。

　二人の刑事を、長岡駅に残したのは、三宅修が、長岡駅構内の、公衆電話を使って、一一〇番していたからである。

　十津川たちが、旧X村に着いた時は、すでに、陽が落ちていた。地震の発生以降、電気が、通じていないので、本来なら真っ暗なはずだったが、県警や長岡署のパトカー、鑑識の車が来ていて、投光器が用意されていたので、その明かりで、問題の家屋の周辺は、真昼のような、明るさになっていた。

　十津川は、現場で、長岡警察署の、鈴木《すずき》警部に会って、話をきく。鈴木が、説明した。

「この半壊の家ですが、旧X村の中では、いちばん損害が、少なかったと思われる家で、犯人たちも、それを知って、この家を、使っていたものと思われます。彼らが使っていた、牛乳パックや毛布、使い切った乾電池などは、そこに、一カ所に集めてあります。いろいろな状況から考えて、ここにいたのは、男女四人から、六人くらいではなかったでしょうか。それから、彼らが使っていたと、思われる六人乗りの、ワンボックスカーですが、これは、長岡市内で、盗まれたものと判明しました。薄茶の、M社のワンボックスカーです。現在、この車の行方を、全力を挙げて探していますが、まだ見つかってはいません」

「その容疑者たちですが、ここに、いつまでいたのか、わかりますか？」

十津川が、きいた。

「まだ、正確な日にちまでは、わかりません。そのため、これは推定ですが、四月五日の夕方までここにいて、その後、慌てて車で、この旧X村を、立ち去ったものと思われています」

「四月五日の夕方ですか？」

十津川が、確かめるように、いった。

「正確な時間は、わかりませんが、暗くなってから、M社のワンボックスカーを使い、江見はるかを、乗せて逃亡したものと、思われます」

「三宅修が、一一〇番してきたのは、今日、七日の、午後二時頃でしたね？」

「そうです。それから、全力で、われわれが捜査を、開始したわけです」

「私は、三宅修も、江見はるかと、一緒に、犯人たちに、監禁されていたと、考えています。三宅修がどんな手段を、使ったのかはわかりませんが、逃げ出して、一一〇番してきた。そう考えているんですが、県警は、どういう、ご意見ですか？」

「われわれも、十津川さんと同じように、考えています。もし、三宅修が、監禁されていなかったら、もっと早く、一一〇番してきたのではないか？　そう考えるからです」

「三宅修が、逃げ出して、一一〇番してきた。そう考えると、時間が合いませんね？」

亀井刑事が、いった。

鈴木警部は、うなずいて、

「そうですね。確かに、時間的に、合わないんですよ。犯人たちは、四月五日の夕方、それも、暗くなってから、慌てて、車で逃亡したと思われます。なぜなら、三宅修が逃げ出したので、それで慌てて、犯人たちも姿を、消したと、考えています」

「それについては、同感です」

十津川が、いった。

「そうだとしますと、三宅修は、もっと早く、一一〇番できたことになります。それなのに、彼は丸二日おいて、四月七日の、午後になって、やっと、一一〇番してきたんです。その間、三宅は、いったい何をしていたのか？　それが、わからずに、困っています」

鈴木警部が、いう。

「そのほかの、時間については、不自然なところはありませんか？」

十津川が、きくと、鈴木は、

「そのほかの点については、今、検討中ですが、特に、おかしなところは、見つかっていません」

鈴木警部の説明は、こうである。

最初、犯人たちは、江見はるかを連れて、新潟県内で、今回の地震で大きなダメージを受けた、旧S村に隠れていた。彼らは、四月一日に、秋山香織の名前でレンタカーを借りた。その車を使って、江見はるかを連行し、旧S村の半壊の家に、監禁した。

翌日の四月二日に、彼らは、旧S村から、近くに移動した。その後で、秋山香織が、レンタカーを返却した。

「その翌日の、四月三日には、長岡市内で、４ＷＤカーが、盗まれています。その車に、江見はるかを乗せ、たぶん、三宅修も、監禁して、一緒に、この旧X村に、来たんだと思いますね。ですから、四月三日の、日付の入ったパンの袋や、おにぎりや、そのほかの生活用品が、この家には、散乱していたんです。毛布などは、四月一日に、購入したと思われますが、そのほか、ラジオや、懐中電灯などは、落ちていたレシートなどから、四月三日に、買ったもののようです。そして、四月五日の夕方、犯人たちは、慌てて、この、旧X村から立ち去ったと、思われるのです。四月五日の、新聞も残っていましたから、おそらく、犯人の一人が、車で、町まで出かけていき、そこで、購入したものと考えられます」

「そのほかに、犯人たちが、買ったものには、どんなものが、ありますか？」

亀井が、きいた。

「それを一覧表にまとめてあるので、お見せしましょう」

鈴木警部は、ポケットから、一枚の紙を取り出し、十津川に見せてくれた。

大きな買い物としては、毛布、石油ストーブと、その燃料の灯油、懐中電灯、ラジオ、ロープ、護身用ナイフ、それから、食料品は、長岡市内の、コンビニエンスストアでほとんど、買い求めたものらしく、パックの牛乳、サンドイッチ、おにぎり。あとは、やかん。これは、おそらく、お湯を沸かして、コンビニエンスストアで買ってきた、カップ麺を、食べていたのだろう。

十津川と亀井の二人は、庭に出てみた。

庭も、木が、倒れたままになっている。

空気が乾燥していて、見上げると、星がきれいである。

(地震が起きる前までは、この辺りは、それこそ、空気が、おいしくて、景色のいい美しい村だったのだろう)

十津川は、そんなことを、考えながら、

「江見はるかは、まだ、殺されてはいないように、思えるね」

と、亀井に、いった。

「そうですね。まだ、犯人たちは、江見はるかを連れて、逃げまわっているみたいですね」

「だとすると、江見はるかが、二年間のアルバイトで、貯めたという、一千万円は、犯人たちの手には、まだ、渡っていないことになってくる」

「犯人たちが、江見はるかを連れて、旧S村や旧X村を、転々としているのは、一千万円の行方が、わからないからなのですね」

「そうだよ。現金では持っていない。江見はるかの銀行カードで、残高を調べても、残っていない。だから、一千万円の行方を、白状させようと、し続けていたのでは、ないだろうか。旧S村に、隠れるのに使った、レンタカーが、二〇〇キロ以上も、走っていたのは、江見はるかを脅しながら、銀行などをまわったためだよ」

「警部、江見はるかの、口座がある銀行に、問い合わせてみませんか」

十津川は、はるかの母親の、文子から銀行をきき出して、夜になっていたが、連絡を取ることにした。

銀行からの回答は、江見はるかが、口座の一千万円を、小切手にしていた、というものだった。

「なぜ、小切手にしたんでしょうか？」

亀井が、つぶやいた。

「それは、本人しか、わからない訳があるんだろう」

と、十津川が、答えた。

「江見はるかは、アルバイトの二年間で、貯めた、一千万円を、小切手にして、それを持って、三月三十一日の夜、夜行列車『ムーンライトえちご』に乗って、郷里の新潟に、帰るつもりだったんじゃ、ありませんか？」

「私も、最初は、そう考えて、いたんだ。しかし、江見はるかは、一千万円の、小切手を、持っていなかったらしい。持っていれば、当然、犯人たちが、それを奪って、江見はるかなど、連れずに、逃亡しているはずだからね。そのほうが、逃げるにしても身軽だ。しかし、まだ、彼女と、一緒にいるということは、一千万円が、見つからなくて、困っているんだと思うね」

「しかしですね。江見はるかが、一千万円の小切手を、作ったということは、間違いないことですが」

「その通りだよ。銀行の話でも、彼女は、一千万円の小切手を、作っている。一千万円の現金を持って、新潟に帰るというのは、あまりにも、不用心だからね。それで、一千万円の、小切手を作った。しかし、江見はるかは、その一千万円の、小切手を持って、夜行列車には、乗らなかったんだ」

「それは、用心のためでしょうね？」

「もちろん、そうだろう」

「それでは、その小切手は、いったい、どうなっているんでしょうか？　どこかに隠していうんですかね？」

「おそらく、郵便で、新潟の母親宛てに、送ったんじゃないか？　そのほうが、安全だからね」

「そうだとすると、犯人たちは、新潟に、向かっているんじゃないでしょうか？」

「そうだな。江見はるかが、そのことを、犯人たちに話してしまっていれば、当然、犯人たちは、新潟に向かうはずだ」

「その、小切手を入れた封書ですが、彼女の母親、江見文子以外には、受け取れないようになっていれば、犯人たちが、新潟に着いたとしても、手に入れることは、できないんじゃありませんか？」

「その母親は、橋本とこの長岡にいるんだ」

「そうです。うまくいけば、新潟で、犯人たちを逮捕し、江見はるかを、救い出せますよ」

　亀井が、眼を光らせて、いった。

「この推理が、当たっていれば、三宅修が、なぜ、逃げ出してすぐに、一一〇番しなかったのかの、理由もわかってくるはずだ」

　十津川が、力を込めて、いった。

「三宅も、確か、一千万円の金が、欲しいはずですね。だから、逃亡した後も、その一千万円の、小切手を狙って、新潟に、行ったんじゃありませんかね。しかし、うまく受け取れなかったので、やむを得ず、この長岡に、戻ってきてから、一一〇番した。そんなところじゃないかと、思いますね」

「小切手を作った、江見はるかが、誘拐されたと、わかってしまえば、警察は銀行に、手配をする。そうなったら、小切手を、お金にすることは、もう、不可能だがね」

と、十津川が、つけくわえた。

3

十津川は、長岡警察署に行くと、鈴木警部、それから、橋本豊と、彼が連れていた江見はるかの母親、江見文子たちに、自分の考えを話した。

「この推理が、正しいとすれば、江見はるかさんは、一千万円の小切手を、持参して新潟には帰らず、それを、封筒に入れて、郵便局で、出したんだと、思います。その封筒の宛名には、江見文子様と書き、受取人指定にしたものと、思われます。こうしておけば、文子さんしか、その封筒は、受け取れないことになりますから。それを知って、犯人たちは、新潟に向かっているものと、思われます。すでに、新潟に、着いているかも、しれませんが、肝心《かんじん》の文子さんが、家にいないので、一千万円の小切手の入った封筒は、手に入れられないのではないかと、考えます。ですから、われわれも、新潟に急行して、犯人たちを逮捕し、江見はるかさんを、一刻も早く、救出しようじゃありませんか？」

「しかし、間に合いますかね？」

と、鈴木警部が、首をかしげた。

「犯人たちは、江見はるかさん本人を、連れているわけでしょう？　その本人ならば、受け取れるんじゃ、ありませんか？」

「確かにそうですが、江見はるかさんが、犯人たちに、協力するかどうかは、わかりませんよ。自分は、この手紙の差出人じゃないと、郵便局員にいえば、本人でも、受け取れませんからね」

「そうなると、余計、彼女の生命が、危なくなって、くるんじゃありませんか？」

「確かに、危ないですが、しかし、犯人たちにしてみても、彼女を殺してしまっては、一千万円の、小切手は、手に入らなくなります。おそらく、江見はるかさんのことを脅したり、なだめたりしながら、新潟で、苦労しているんじゃありませんかね？　まだうまくいっていなければ、われわれの、勝ちになりますよ」

十津川が、いった。

鈴木警部は、すぐ、県警本部に電話をし、事件を説明して、江見はるかの母親、文子がやっている、小さな文具店に、急行してくれるように、要請した。

十津川は、JR長岡駅にいる、西本と日下の二人に携帯をかけ、すぐ、新潟に向かうように、指示を出した。

夜が明けると同時に、長岡署の、鈴木警部たち、それに、十津川と亀井、さらに、橋本豊、江見文子たちは、車を連ねて、新潟に、向かった。

その頃、長岡市内で、一台の車が、発見された。手配中の4WDのワンボックスカーである。間違いなく、四月三日に、長岡市内で盗まれた車だった。

鑑識が徹底的に車内を調べ、指紋検出に取りかかった。

そうして得た情報は、次々と、新潟に向かっている、長岡署のパトカーに、報告されてくる。

鈴木警部が、その報告を受け、十津川にも知らされた。

「発見された車ですが、座席の位置が変えられた形跡《けいせき》があったそうです。乗っていた者は、四人から六人の男女。そう考えられます」

鈴木が、いうと、十津川は、首をかしげて、

「四人から、六人の男女ですか？　しかし、一緒に捕まっていた、と思われる三宅修は、逃げ出していますから、残っているのは、四人の犯人の女性と、捕まっている、江見はるかの五人だと思うのですが、その中に、男が、いるわけですか？」

と、きいた。

「確かに、十津川さんの、いわれるように、残っているのは、女性だけのはずですが、鑑識は、男女と、いってきているんですよ。何か、理由があると、思うのですが、後できいてみましょう」

鈴木が、約束した。

十津川たちが、新潟市内に入った頃、鈴木警部のところに、また、連絡が入った。

それをそのまま、鈴木が、十津川に伝えてくれる。

「例の車の中は、きれいに拭《ふ》き取られていて、これはと思われる、指紋は、検出できなかったそうです」

「例の犯人の男女の件は、何か、わかりましたか？」

「私が、問い合わせたところ、こんな返事でした。問題の車は、ＪＲ長岡駅から、少し離れた公園の近くで停まっていたのですが、目撃者が、いたんです。その目撃者に

よると、どの窓にも、カーテンが掛かっていて、車内の様子は、わからなかった。ただ、しばらく見ていたら、車内から、一人降りてきて、立小便を、したというんですよ。それで、鑑識も、犯人のグループの中に、男が、いたと考えたそうです」

「それにしても、その男は、いったい誰なんだ？」

十津川は、また、首をかしげてしまった。

三宅修なら、すでに、逃げてしまっているから、残る犯人は、すべて、女のはずなのだ。

亀井が、思いついた、という顔で、

「警部、歌舞伎町のクラブ『ルージュ』の、森田というマネージャーじゃありませんか？」

「そういえば、江見はるかを、捕まえていると思われる女たちの中に、森田マネージャーの妹がいたね？　君は、そのことを、いっているのか？」

十津川が、亀井に、きいた。

「ほかには、考えられません。この事件があって、マネージャーの森田は、自分の身が危うくなった。クラブのママも、使いにくいので、クビにしたんじゃありませんか？　それで、急いで、長岡にやって来て、犯行グループに加わった。そういうことも、考えられるんじゃありませんか？」

「その件について、すぐ、東京にきいてみようじゃないか」

十津川が、いった。

時間から考えて、歌舞伎町の、クラブ「ルージュ」は、閉まっているだろう。それで、十津川は、捜査本部に、残っている三田村刑事と、北条早苗刑事の二人に、すぐ、森田マネージャーについて、調べるようにと指示をした。

一時間ほどして、三田村と早苗の二人から、十津川の携帯に、連絡が入った。

「今、森田マネージャーの住んでいる、マンションに、行ってみたのですが、森田は、間違いなく、マンションの中にいましたよ。ですから、彼は、そちらには、行っていませんし、犯人の仲間だとも、思えません」

三田村が、電話で、いった。

ほかにも、情報が、次々に、飛び込んでくる。

その一つは、三宅修に、関するものだった。三宅修は、JR長岡駅の構内にある、公衆電話を使って、一一〇番してきた。その三宅が使ったと思われる、公衆電話の受話器からは、彼の指紋が、はっきりと、検出されたというものだった。

「三宅は、開き直っていますね。普通の犯罪者なら、自分が使った公衆電話は、きれいに、拭き取ってから、逃げるものじゃないでしょうか？」

亀井が、いった。

「確かに、カメさんのいう通りだが、私は、別の考えを、持っている」

十津川が、いった。

「別の考えというのは、どんなことですか？　江見はるかを、誘拐した犯人たちは、使用した盗難車の指紋を、きれいに、消して、逃げています。それに比べると、三宅は、もうどうでもいいような感じで、行動しているかのように、私には、見えるんですが」

亀井が、いった。

「それを、カメさんは、開き直っていると、受け取っているようだが、私は、別のことを、考えたんだ。三宅修だがね、彼は、震災に遭った、両親のために、五百万円を、手に入れようとして、パチンコ店『ラッキー』の、社長を殺してしまった。だから、今回の事件では、元々、彼は犯人としての気持ちがないんだ」

「しかし、警部。三宅は、誘拐犯から逃げ出したのに、すぐに、警察には連絡せず、何とかして、江見はるかの一千万を、手に入れようとしていたんですよ。結局、警察に電話をしてきたのは、逃げ出してから二日後でした。それが、善良な市民の行動といえるでしょうか？」

亀井が、強い口調で、いった。

十津川は、笑って、

「確かに、その点は、カメさんの、いう通りだ。しかし、その一千万円だって、自分のために、手に入れようとしているのではなくて、ガールフレンドの家が、困っているので、助けようと思って、一千万円を、欲しがっているんだ。だから、その点、江見はるかを、誘拐し、監禁している、犯人たちとは、違うんだ。だから、JR長岡駅の公衆電話の、指紋だって、私には、開き直りとか、やけっぱちとかいうようには、思えないんだよ。確かに、二日も、遅れて一一〇番してきたが、それは、自分のためではなくて、自分のガールフレンドの家族を、助けるためだった。そういう男だから、一一〇番する時、自分の指紋が、電話に残って困ることなんか、考えてもいないんじゃないか？　私は、甘いといわれるかもしれないが、そんなふうに、思っているんだ」

と、十津川は、いった。

4

新潟市中心部に入ると、長岡署の、鈴木警部たちと共に、十津川たちも、いったん、県警本部に入った。西本と、日下の、二人も、すでに、到着して、待機していた。

ここでの捜査権は、新潟県警が、持っている。そこで、新潟県警捜査一課の、小暮《こぐれ》警部を中心にして、これからどうすべきかの、相談が始まった。

まず、小暮警部が、新潟市内での現状を説明した。

「現在、こちらの刑事五人が、江見文子さんの文具店に、張り込んでいます。犯人たちや、江見はるかさんが、現われたら、すぐに、連絡をするように指示してありますが、今のところ、まだ、連絡はありません。次に、郵便物ですが、東京から、江見はるかさんが投函《とうかん》したと思われる封筒は、まだ、こちらの、新潟中央郵便局には、着いていないそうです。遅れているのか、それとも、そうした郵便物自体が存在しないのか、こちらでは、わかりません」

小暮は、淡々とした口調で、いった。

「十津川さんに、おききしたいのですが、これは、あくまでも、十津川さんが、頭の中で考えた、推理なわけでしょう？　本当に、江見はるかが、一千万円の小切手を入れた封筒を、三月三十一日の夜、夜行列車『ムーンライトえちご』に乗る前に、投函したのかどうかは、はっきりとは、わからないわけでしょう？」

と、いったのは、長岡署の鈴木警部だった。

「おっしゃる通り、確かに、これは、あくまでも、私が勝手に考えた推理です。ですから、証拠を見せろといわれても、証拠は、ありません。ただ、捜査の状況を考えてみると、一千万円の、小切手があり、その小切手は、江見はるか本人が、持っていない。だから、まだ、犯人たちは、江見はるかと、一緒にいるわけです。ここまでは間違いがないと、確信しています。ただ、その先は、完全な推理になってしまうのですが、私が、もし、江見はるか本人だとします。一千万円の小切手を、無事に、郷里の母親のところに届ける方法となりますと、どう考えても、郵便ということに、なってしまうんです。郵便か、あるいは、宅配便といったような民間の業者に、頼むことになってしまいます。彼女が、宅配便に、頼んだことも、十分に考えられますが、もし、三月三十一日の、夜遅く、新宿駅から、夜行列車『ムーンライトえちご』に乗る直前に、そのことを、考えたとすれば、それを封筒に入れ、母親の受取人指定ということにして郵便局で出した。それが、最も可能性があるような気がします」

「しかし、まだ、こちらの、郵便局には、十津川さんのいわれるような封筒は、着いていないんですがね。三月三十一日の夜に、投函したとすれば、少しばかり、遅すぎるんじゃありませんか？」

新潟県警の小暮が、十津川に、いった。

「確かに、どうして、まだ、新潟の郵便局に、届いていないのか、私にもわかりません。何か、理由があるとは、思うのですが」

この件に、十津川は、自信が持てずに、そういうより仕方がなかった。

「犯人たちは、これから、どういう行動に出るかを考えてみたいですね」

と、小暮が、いった。

「犯人たちは、すでに、この新潟に着いていると思われますか？」

「私は、間違いなく、着いていると思いますね。それに、三宅修も、こちらに、来ているはずです」

十津川が、いった。

「それで、彼らの次の行動について、十津川さんは、どう考えておられるのですか？」

小暮が、きいた。

「逃げた三宅修と、江見はるかを、監禁している犯人たちとは、当然、考え方が、違っていると、私は思います」

十津川が、いった。

「どう違うのか、説明してもらえませんか？」

小暮が、まっすぐに、十津川を見た。

「三宅修は、すでに、こちらに来て、江見はるかの母親、文子さんのやっている、文具店の郵便受けを、探したと思うのです」

「しかし、一千万円の小切手が入った封筒は、見つからなかった。三宅は、仕方なく、いったん、土地鑑《かん》があって、隠れやすい、長岡に舞い戻って、そこから、一一〇番したわけです。その後ですが、三宅修は、何としてでも、一千万円を手に入れたい。ですから、この新潟に、戻ってきて、今、何とかしようと考えているに、違いありません。しかし、その方法がなくて、困っているのではないかと、思います。次は、江見はるかを、誘拐し、連れ歩いている、犯人たちですが、こちらのほうは、江見はるかという、大事な人質を押さえていますので、三宅修とは、当然、考え方が、違ってくると思われます。犯人たちは、江見はるか本人を、脅かしたり、すかしたりして、何とか、一千万円を、手に入れようとしているに違いありません。江見はるかが、一千万円の小切手を封筒に入れて、それを、新潟の母親宛てに投函したとすれば、当然、犯人たちも、江見はるかから、そのことは、きき出していると、思うのです」

「しかし、犯人たちが、江見文子さんの、文具店に、現われたという報告は、まだありませんよ」

小暮は、眉をひそめてみせた。

「それは、当然でしょう。三宅修は、逃げ出していますから、当然、警察に、自分たちのことが知られている。新潟の江見文子さんの文具店にも、警察が、張り込んでいるだろうと、犯人たちだって、考えますからね。だから用心して、現われないんですよ」

「そうだとすると、犯人たちですが、どうやって、一千万円を、手に入れようとすると、十津川さんは、思われますか？」

長岡署の鈴木が、きいた。

「第一に、考えられるのは、江見はるかという切り札を、利用するだろうということです」

と、十津川が、いった。

「彼女を、どんなふうに、利用するというのですか？」

「あくまでも、私の推理が当たっているとすればですが、おそらく、江見はるかの名前で、新潟の郵便局に、電話がかかってきます。自分が、東京から出した母親宛ての封書が、届いていないかどうかを確認し、もし、届いていたら、これから、取りに行きたい。そんな、電話が、かかってくるに違いありません」

十津川は、いった。

「しかし、まだ、新潟の郵便局には、そうした封書は届いていないんですよ。もし、十津川さんが、いわれるように、江見はるかの名前で、電話での、問い合わせがあったら、どう答えたらいいと、思われますか？」

新潟県警の小暮が、きいた。

「そうですね。犯人逮捕を、第一に考えれば、その封書は、こちらに届いているから、すぐ、取りに来てほしい。そういって、犯人たちを、おびき寄せて、逮捕するのが筋でしょうが、ただ、これには危険が伴《ともな》います」

「どんな危険を、十津川さんは、考えておられるんですか？」

長岡署の鈴木が、切り込むような、口調で、きいた。

「今、県警の、小暮警部から、話があったように、実際には、問題の封書は、まだ、こちらには、届いていないわけですからね。犯人たちは、神経過敏に、なっていますから、届いていると、ウソをついても、本当かどうか、用心深く考えると、思うんですよ。そして、何らかの、方法を使って、こちらを、試そうとすると思うんです」

「例えば、どんなふうにですか?」

「そうですね。例えば、その封筒は、三月三十一日に、投函しているのに、間違って、四月二日と書いてしまっているが、そのことは、大丈夫ですかといったような質問を、してくるんじゃないかと思うのです。こちらが、その質問に対して、四月二日でも、スタンプは、押していますから大丈夫ですよ、などと答えると、相手はすぐに、それは、ウソだと、感づいてしまいます。そうなると、いっそう、犯人たちや、犯人たちに捕まっている江見はるかを、見つけることは、困難になってしまいます。私が心配なのは、そのことなんです」

十津川が、説明した。

「しかし、正直に、そんな封筒は、届いていないと、答えると、みすみす犯人逮捕のチャンスを、逃してしまいますよ」

小暮が、いった。

「その点、これから、どうしたらいいかを考えようじゃ、ありませんか? こちらとしても、何とかして、犯人たちを逮捕したいし、江見はるかを、助け出したい。そう思いますからね。チャンスは、絶対に、逃したくありませんよ」

鈴木が、勢い込んで、いった。

「ここは、あくまでも、新潟県ですから、私たちは、新潟県警の意見に、従います」

十津川が、小暮を引き立てるように、いった。

5

この日は結局、新潟中央郵便局には、問題の封書は届かなかった。

しかし、その封書についての、問い合わせの電話が、二回、かかってきた。

一回目は、午前十時半頃で、男の声で、こう、きいたという。

「私は、江見はるかという、二十二歳の女性の代理の者ですが、彼女が、東京都の、飯田橋のマンション三〇一号室から、新潟の母親宛てに送って手紙が、今日になっても、まだ着いていないのですよ。三月三十一日に、投函したわけですから、もう、とっくに届いていなければいけないんです。その手紙ですが、ひょっとすると、新潟中央郵便局のほうに、留《と》まってしまっているのではないかと、思うので、それを、調べてもらえませんか？　速達で、白い封筒、受取人指定にしてあります。母親の、江見文子しか、受け取りができないはずなんですが、今もいったように、まだ、届いていません。その手紙が、今、どこにあるのかを、そちらで調べてもらえませんか？」

新潟中央郵便局のほうでは、県警から、指示が来ているので、

「こちらに来ているかも、しれませんので、すぐに調べてみます。明日の、午後に、もう一度、電話を、いただけませんか？　その時に、その手紙を、お渡しできるかが、わかるかも、しれませんから」

次に、今度は、午後の一時過ぎになって、別の男の声で、問い合わせがあったという。

「私は江見はるかの兄で、江見啓造《けいぞう》といいます。妹の江見はるかは、三月三十一日に、新潟の母親宛てに、手紙を書き、投函しました。しかし、その手紙が一向に、新潟の母親のところに、届きません。大事な要件を書いているし、それに、妹の江見はるかは、急病で床についてしまい、それでも母に宛てた手紙のことが、心配だというので、何とかして、その手紙を、見つけ出して、母親に渡したいのです。それで、こうして

電話をしているのですが、今、その手紙が、どこにあるのか、わかりますか？」

新潟中央郵便局のほうでは、一回目の電話と同じような返事を、その男にも、したという。

「すぐに、調べますが、明日の午後に、もう一度、電話をしてくだされば、江見はるかさんのお兄さんのあなたに、手紙を、お渡しできるかが、わかるかもしれません」

そういって、電話を切ったと、担当者は、いった。

その二つの電話について、十津川が、新潟県警の小暮にきいた。

「二回とも、男なんですか？」

「電話に出たのは郵便局の同じ担当者で、間違いなく、二回とも、男だったといっています。女がわざと、男の声を真似《まね》たという感じではなかったそうです。両方とも、若い男で、二回目の男は、一回目よりも、もう少し若くきこえたといっています」

小暮が、答えた。

「おそらく、最初に、電話をしてきた男は、警視庁が追っている、殺人容疑者の、三宅修だと思います。二回目にかけてきた男というのが、誰なのかが、わからない。二回目にかけてきたのが、女性ならば、話は簡単なんですが」

十津川が、首をかしげた。

「江見はるかを誘拐し、監禁している女たちのことですが、その中に、やはり、男が交じっているんじゃないですかね？」

長岡署の、鈴木警部が、いった。

「確かに、大いに考えられますが、四人の中の一人、森田久美子の、兄の博司《ひろし》ではありませんね。クラブ『ルージュ』のマネージャーの、森田は、今も、新宿の店に出ていることが、わかっていますから」

と、十津川は、いった。

江見はるかを、誘拐し、監禁している犯人の中に、男がいたとしても、その男の身元が、わからない。

（しかし、江見はるかを、現在、監禁している犯人の中に、男が一人加わっていることだけは、間違いないことだし、その男が、今日の午後、新潟中央郵便局に、問い合わせてきたことも、間違いない）

と、十津川は、思った。

確かに、犯人が盗んだと思われる車から、男一人が降りてきて立ち小便をしたのを、見た人間がいるのだ。

「それで、明日また、この二人の男は、郵便局に電話をしてくると、思うのですが、その時、どう返事をしたらいいと、思われますか？」

新潟県警の小暮が、長岡署の鈴木や、十津川の顔を見て、きいた。十津川は、

「私としては、二人の男に対して、問題の手紙を、渡すからといって、新潟中央郵便局のほうに呼びつけ、その場で、逮捕したい」

「鈴木警部は、どうですか？」

小暮が、鈴木に、きいた。

「もちろん、私も、その場での逮捕に、協力したいと思っています」

「それでは、明日、この二人の男から、電話が入ったら、手紙は、届いている。直接渡したいから、新潟中央郵便局に、来てもらいたい。そういって、呼び寄せますよ。それで、よろしいですね？」

小暮は、念を押した。

そのあと、小暮は、JR新潟駅の近くにある、新潟中央郵便局の場所の地図と、内部の見取図、それから、内部の写真などを、十津川や、鈴木の前に並べた。

「ここにズラリと並んでいる窓口ですが、いちばん、端の窓口が、未配達郵便物の、受け渡し専門の窓口になっています。問題の手紙を渡すという返事をした場合、この

端の窓口で渡すことになります」

「この窓口に、客が並ぶことは、あるんですか？」

　十津川が、きいた。

「いや、今まで、そこに、客が並んで待ったということは、ありません。何しろ、未配達郵便物ですから。郵便局の未配達郵便物というのは、そんなに多くはないんです。警察の遺失物係とは、違いますから」

「三宅修の場合は、共犯者がいることは、まず考えられませんから、三人の刑事で、彼を、逮捕できるんじゃありませんかね」

　小暮が、具体的に、いった。

「もう一人の男ですが、こちらのほうは、女四人と、合計五人の人間がいます。全員で一斉に、郵便局に、押しかけてくるとは思えませんから、江見はるかの監視に、二人置いたとして、おそらく、あとの三人で、郵便局に来ると思われます。女二人と、男一人です。それには、三人の刑事では、心細いですから、十津川さんたちと、長岡署の鈴木さんも、協力していただけませんか？　新潟県警としては、少なくとも十人の刑事を、明日の午後、配置したいと、思っています。まず、窓口近くに三人、それから、郵便局全体を囲むような形で、七人以上の刑事を、配置するつもりでいます」

小暮警部は、しっかりとした口調で、十津川たちに、約束した。

第七章　終わりよければ

1

十津川たちは、犯人にワナを、かけることにした。

新潟中央郵便局の周辺、信濃川《しなのがわ》の南側は、新潟東警察署の管轄である。そこで、新潟東警察署に、江見はるか誘拐事件の捜査本部が非公開で置かれた。

その構成は、警視庁、新潟県警、そして、長岡警察署の混合である。ここは新潟なので、新潟県警の、小暮警部が指揮を、執《と》ることになった。

すでに、二人の男が、問題の郵便物について、新潟中央郵便局に、問い合わせてきている。

郵便局員は、警察の指示に基《もと》づいて、

「明日、こちらに、電話をいただければ、その郵便物をお渡しできるかが、わかります」

と、答えていた。

その「明日」が、やって来ている。

警視庁の十津川たち四人、長岡署の鈴木警部と刑事一人、そして、新潟県警からは、小暮警部を含めて、十名の刑事が、新潟中央郵便局の内と外に、配置された。

手紙について、問い合わせてきた男は二人。一人は、警視庁が追っている殺人犯、三宅修、二十八歳。もう一人は、江見はるかを、監禁している女たちと一緒にいる男と、思われた。

警察の考えでは、三宅修は、江見はるかを誘拐、監禁している連中とは、別に行動している。だから、新潟中央郵便局に現われるのも、単独だろうと、見ていた。

十津川と亀井は、新潟中央郵便局の中に入り、一般の客と一緒に、椅子に、腰を下ろしていた。西本と日下は、県警の刑事たちと、共に、外に、配置されている。

長岡署の、鈴木警部と部下の刑事も、局内で、犯人が現われるのを、待っている。

郵便局の外には、新潟県警の刑事たちが、小暮警部の指揮の下、郵便局を包囲しているはずだった。

すでに昼を過ぎて、午後一時に近い。しかし、まだ、犯人たちが、姿を現わす気配はない。

三宅修は単独行動。江見はるかを監禁している連中は、男一人と女四人。したがって、監禁組が郵便局に現われるとすれば、おそらく、男一人と、女二人だろうと、警察では見ていた。江見はるかの監視には、少なくとも、女性二人が必要のはずだからである。

午後一時二十分、若い女の声で、電話が入った。

「私は、江見はるかと、いいますが、東京から新潟に住む、母宛てに手紙を出したんですが、まだ着いていません。ひょっとすると、そちらに、来ていませんか？」

その電話を受けた郵便局員は、調べるふりをした後、

「その手紙なら、こちらに、届いています。いつでも結構ですから、取りに来ていただけませんか？」

警察の指示に従って、そう答えた。

「本当に、そちらに、手紙が来ているんですね？」

女の声が、確かめるように、きく。

「ええ、宛先の江見文子様がいらっしゃらないので、こちらに、戻ってきてしまって

いるんです」

「それなら、これから、取りに行きますが、いいですか？」

「これから、すぐいらっしゃいますか？　こちらに来られる時間が、わかると、私どもとしても、助かるのですが」

郵便局員が、いった。

「それでは、二時ちょうどに、そちらに、伺《うかが》います」

そういって、女が、電話を切った。

その会話は、すぐ、警戒についている十津川たちに、知らされた。

午後二時ちょうどに、犯人たちがやって来る。電話をしてきたのは、女の声だったというから、江見はるかを、監禁し、監視している四人の女の、一人だろう。

「三宅修の行動が、わかりませんね」

亀井が、小声で、いった。

「三宅は、女たちとは、別行動をとっているはずだから、いつここに、現われるか、それは、わからない。顔がバレているから、ここに、江見はるかの手紙を、取りには来ないかもしれないな」

十津川も、小声で、亀井に、いった。

「ここに来ないとすると、どう、出るでしょうか？　三宅だって、一千万円の小切手は、のどから、手が出るほど、欲しいはずですが」

「もし私が三宅だったら、郵便局の外で、女たちが、手紙を受け取りに来るのを、見張っているね。そして、女たちが、その手紙を受け取って、郵便局を、出たところを襲って、それを奪い取る。私が三宅だったら、そんなふうに、行動するがね」

「そうすると、三宅は、すでに、この郵便局の近くに来ていて、どこかに、隠れているかもしれませんね」

「その点は、同感だ。江見はるかを、監禁している女たちが、いつ、問題の手紙を、取りに来るか、三宅には、わからないだろうからね。カメさんのいう通り、朝早くから、この郵便局を、見張っている可能性がある」

全体の指揮を執っている、新潟県警の小暮警部が、郵便局内に、入ってきて、そっと、十津川の横に坐った。

そして、小声で、いう。

「江見はるかを、監禁している女たちは、午後二時に、手紙を受け取りに、郵便局に来る。そう、いいましたが、三宅修のほうは、私の考えでは、すでに、この郵便局の外にいて、女たちの動きを、監視しているのではないかと思うのですが、その点、十津川さんは、どう思われますか？」

「実は、私も小暮さんと、同じことを考えていたんですよ。三宅は、どこか、この近くで、中央郵便局を、見張っていると思います」

「それで、十津川さんは、どうしたらいいとお考えですか？」

「午後二時までには、まだ少し、時間がありますから、私と亀井刑事とで、郵便局の周辺を見まわってきたいと、考えます。もし、三宅修を、発見したら、その場で、逮捕するつもりです」

十津川は、小暮に、いった。

2

十津川と亀井は、いったん、中央郵便局の外に出た。

ゆっくりと、郵便局の周りを、歩いてみる。間近に見えるのは、JR新潟駅である。

新潟駅前には、アンティークなガス灯型の街灯が、立っている。その気になって、見てみると、新潟の街は、ガス灯の街に、見えてくる。

駅前から、東《ひがし》大通り、信濃川にかかる万代橋《ばんだいばし》にかけて、ガス灯型の街灯が並んでいるからである。

そのほか、目につくのは、市内を一望できるレインボータワーだろう。観光客の多くが、このレインボータワーに昇るのは、ここに昇れば、新潟の街が、一望できるからである。

「三宅は、あのレインボータワーに、昇って、双眼鏡で、中央郵便局を見張っているかも、しれませんね」

亀井が、ふと、そんなことをいった。

十津川は、腕時計に、目をやった。

一時四十分、女たちがやって来る、午後二時までは、あと二十分ある。

「カメさん、あの喫茶店に、入ってみよう」

十津川が、急にいった。

中央郵便局の前の明石《あかし》通りに、向かい合って、一軒の小さな、喫茶店が見えた。

二人は、その店に、入った。窓際の席に腰を下ろすと、通りの向かいに、中央郵便局の入り口が、見える。

十津川たちは、コーヒーを注文した。

「あの中央郵便局を、監視しようと思えば、どこからでも、監視できますね」

亀井が、いった。

「その通りだよ。別に、こうした喫茶店のような店から、監視していなくたっていいんだ。例えば、レンタカーを借りて、その車を、通りのこちら側に、停めておいて、車内から監視することだって、できるからね」

十津川が、いった。

「それが、いちばんうまい監視の方法かも、しれませんよ」

亀井が、目を光らせて、いった。

その後、亀井は、急に、店を飛び出していった。
五、六分して戻ってくると、亀井は、息を弾《はず》ませながら、
「いませんでした」

十津川は、笑って、

「まあ、コーヒーでも飲んだらどうだ？」

「てっきり、この通りの、こちら側で、三宅は車の中から、中央郵便局を監視しているのではないかと思ったのですが、それらしい車は、見当たりませんでした」

と、亀井は、いった。

「そう簡単には、見つからんだろう。何しろ、三宅は、東京で人を殺して、警察に追

われているんだからね。自分の名前で、レンタカーを借りるほどの度胸は、ないんじゃないか？」

十津川が、いった。

「そうかも、しれませんが、どうしても、三宅は、中央郵便局の中には、入らずに、外で見張っているような、気がするんです」

「私も、そのカメさんの考えには賛成だよ。しかし、レンタカーは、借りないだろう」

十津川は、コーヒーを飲みながら、いった。

「確かに、そうかも、しれませんが、歩いて行動することも、考えにくいんですよ。歩いて行動していては、警察に、すぐ捕まってしまいますし、女たちを追いかけるのに、車が必要です」

「レンタカーでは、ないとすると、レンタサイクルかな？　この新潟では、ところどころに貸し自転車が、あったからね」

十津川が、いった。

「自転車ですか？」

「さもなければ、どこかで、バイクを盗むか」

十津川は、考えをめぐらせて、いった。

午後二時になった。

十津川と亀井は、通りの向こうの、中央郵便局に、じっと、目を向けた。

しかし、それらしい女たちが、現われる気配はない。

「電話では、午後二時に行くと、女はいっていたが、やはり、午後二時ちょうどには、現われないな」

「そうでしょうね。やはり、用心しているんですよ。連中だって、バカじゃありませんから、中央郵便局が、警察に見張られていることは、十分に承知していますよ」

と、亀井も、いった。

その時、十津川の、携帯が鳴った。

「新潟県警の小暮です」

と、相手が、いった。十津川は、

「こちらは今、通りの反対側にいます」

「女たちは、まだ、現われません」

「連中も、用心しているんですよ。簡単には取りに、来ないでしょう」

「そうなると、どんな形で、連中は、手紙を受け取りに来ると、十津川さんは、思われますか？」

「それは、わかりませんが、連中は、いろいろと工夫をすると思いますよ」

と、十津川が、いった。

突然、中央郵便局の、局長室の電話が鳴った。

局長の山内《やまうち》が、電話を取った。

「局長さん？」

と、女の声が、きいた。

「そうです。局長の山内ですが」

相手が誰だか、わからないので、山内は、慎重に、答える。

「今、そちらは、刑事さんが、たくさん見張っているでしょう？」

「そんなことは、ありませんよ。郵便局は、平常どおりに、動いています」

山内が、いうと、女が、笑った。

「そちらに、たくさん、刑事さんがいるのは、わかっているのよ。その刑事さんたちに、伝言があるんだけど、今すぐ、中央郵便局から撤退しないと、江見はるかを、殺すわよ。そう伝言して、ちょうだい。そういえば、わかるから。いいこと、今から十分以内に、刑事さん全員が撤退しないのなら、間違いなく、江見はるかは、死ぬわよ」

そういって、女は、電話を、切ってしまった。

伝言は、すぐ、小暮から、携帯で、十津川に、知らされた。

「仕方がありません」

と、小暮が、いう。

「江見はるかの身を、危険にさらすわけにはいきませんので、いったん、刑事たちを中央郵便局から、撤退させようと思います」

「そうしてください」

十津川も、賛成した。

「問題は、その後、連中が、どう出てくるかですね」

「それが、わかりません。十津川さんは、どう、思われますか？」

「私にもわかりませんが、とにかく、私は、外から連中の動きを、見張っています」

中央郵便局の中にいた、長岡署の刑事二人、それから、新潟県警の刑事も、ゆっくりと、郵便局から外に出ていった。

外で監視をしていた県警の刑事も、近くに停めてあった、覆面パトカーに乗って、移動していく。

（それにしても、犯人たちは、どうやって、刑事が、一人もいなくなったことを、確認するのだろうか？）

そんなことを、考えながら、十津川と亀井は、じっと、通りの向こうの、中央郵便局を見つめていた。

二時三十分、また、局長室の電話が鳴った。

「局長さん？」

と、女の声が、きく。

「そうです。山内です」

「刑事さんは、全部いなくなった？」

「そうです。今は、一人もいません」

「本当でしょうね？　もし、一人でも、刑事さんが残っていたら、可哀想だけど、江見はるかは、死んでしまうわよ」

女が、脅した。女は、続けて、

「もう一つ、江見はるかが、東京から出した母親宛ての手紙は、間違いなく、そこにあるんでしょうね？」

「ええ、もちろん、ここにありますよ。確か、二時に、取りに来るはずじゃなかったんですか？」

局長の山内も、負けずに、いい返した。

「じゃあ、今から、三十分後に取りに行くわ。もし、そこに、なかったら、江見はるかは死ぬわよ」

女は、また、脅かすように、いった。

電話が切れると、山内は、すぐ、携帯で、新潟県警の小暮警部に、電話をかけた。

「女から、電話がありました。今から三十分後に、江見はるかの手紙を、受け取りに来るそうです。もし、なかったら、江見はるかを、殺すといっています」

「問題の手紙、作ってありますね？」

「ええ、作ってありますが、江見はるかさん本人が、来たら、バレてしまいますよ」

「いや、江見はるか自身が、取りに来ることはないと思います。犯人が現われたら、何とか、引き延ばしてください」

小暮が、頼んだ。

その小暮から、十津川に、電話が入る。

「三十分後に、犯人が、江見はるかの手紙を、受け取りに来るそうです。一人で来るのか、それとも二人で、来るのかはわかりません。犯人は、その時、問題の手紙がなければ、江見はるかを殺すといっているそうです」

3

十津川は、考えていた。

江見はるか本人を連れて、犯人が、現われるとは考えにくい。

もし、そんなことをすれば、たちまち、逮捕されてしまうだろうし、江見はるかという、保険も、その場で警察に奪い取られてしまうからだ。

江見はるかは、どこかに、監禁しておいて、犯人の一人か二人が、手紙を受け取りに、現われるだろう。

その手紙が、本物かどうか、犯人は、どうやって、確認するつもりだろう?

十津川は、郵便局員たちが、ニセの手紙を作るのを、見ている。

江見はるかの母親、文子のところに来た、はるかの手紙から、筆跡を盗んで、もっともらしい、ニセの手紙を作った。消印は、新宿の郵便局から、急いで、とりよせたものだから、これは、紛《まぎ》れもなく本物と一緒である。

問題は、手紙の中に入っているはずの、一千万円の小切手だった。その小切手も、銀行に頼んで、何とか、本物らしく作ることができた。

ただ、果たして、犯人を、騙《だま》せるかどうかが、問題だった。

それは、江見はるかが、その手紙のことや、一千万円の小切手のことを、犯人たちに、どう説明しているかに、かかっている。

（江見はるかだって、みすみす、一千万円の小切手を、犯人たちに奪われてしまうのはイヤだろう。だから、手紙のことも、中に入っている、一千万の小切手のことも、曖昧《あいまい》にしか、話していないはずだ）

十津川はそう考えている。

電話が入ってから、三十分後、正確には、三十二分後、レンタカーである、わナンバーの、白いトヨタのカローラが、中央郵便局の前に、停まった。

車に乗っているのは、女が二人。その片方が車から降りて、郵便局の中に、入っていった。

女たち三人の名前はわかっている。秋山香織、森田久美子、高山真美、四人目の女の名前は、わからないが、そのわからない女を含めた四人の中の一人の名前で、レンタカーを借りたに、違いない。

局員になりすましている、小暮警部から、十津川の携帯に、また、電話が入る。

「今、犯人の女が、手紙を受け取って、中身を調べています」

「郵便局の前に、レンタカーが、停まっていますね？　こちらから、ナンバープレートが見えますから、どこのレンタカーの営業所から、誰が借りたか、それを、調べてもらえませんか？」

と、十津川が、いった。

「わかりました」

「秋山香織、森田久美子、高山真美、この三人か、あるいは、もう一人の、女性の名前で、あの、トヨタカローラを借りたはずです」

十津川は、ナンバーを伝えた。小暮からの、電話は、すぐに、また入った。

「十津川さんのいうナンバーから、今、レンタカーの営業所がわかりました。新潟西高の近くの、トヨタレンタカーの営業所です。しかし、十津川さんのいう三人の女の名前では、借りておりません」

「じゃあ、四人目の女性ですね」

「いえ、男の名前で、借りています。名前は、岩井洋介です」

と、小暮が、いった。

十津川は、

「岩井洋介？」

と、オウム返しに、いってから、

「あの男だ！」

と、叫んだ。

R高校で、漫画集団を、つくっていた女三人と男二人、そのうちの、榊原俊は、現在、広告会社で、サラリーマンをやっている。しかし、岩井洋介という男の行方が、その後もわからなかったのだが、今、三人の女たちと、行動をともにしていると、わかった。

長岡駅で、江見はるかは、四人の女に、囲まれて駅を、出ていったというが、そのうちの一人は、たぶん、岩井洋介が女装していたのだ。

岩井洋介は、女になったり、男になったりしていたから、警察が、女四人に、男一人と、考えてしまったのだろう。

女が、郵便局から出てきた。郵便局の前に、停めてある白のトヨタカローラに乗り込んでいく。

「今、犯人の一人が、小切手を、確認してから出ていきました」

小暮が、いう。

「こちらでも確認しています。今、車がスタートしました」

十津川は、小暮に知らせた。

女二人が乗った、トヨタカローラが、中央郵便局を、離れていく。

「覆面パトカー二台が、犯人たちの乗った車を追跡中」

小暮が、短く、いった。

十津川と亀井が、店を飛び出していくと、そこに、県警の覆面パトカーが走ってきた。

車の中から小暮警部が、

「早く乗ってください！」

と、叫ぶように、いう。

十津川と亀井が、乗り込むと、覆面パトカーは、すぐにスタートした。

先行する覆面パトカーから、連絡が入る。

「犯人の車は、現在、万代橋を渡り、港に向かっています」

十津川たちの乗った、三台目の覆面パトカーも、信濃川にかかる、万代橋を渡った。

「今、どこだ？」

小暮が、きいた。

「現在、犯人の車は、新潟市歴史博物館の近くを走っています」

と、いってから、向こうの刑事が、急に、

「今、犯人の車が、停まりました」

「場所は、どこだ？」

「歴史博物館の前」

「どうして、そんなところで、犯人の車が停まったんだ？」

小暮が、眉をひそめて、きいた。

「わかりません」

「尾行に、気がついたんじゃないのか？」

「それは、ないと思うのですが」

「まだ、犯人の車は、そこに停まったままなのか？」

「ええ、そうです」

「犯人は、何をしているんだ？」

「一人が、助手席で携帯を使って、何か話しています」

「それで？」

「アッ、犯人二人が、車から、降りてきました」

「どうして、犯人が、降りたんだ？」

「わかりません。犯人二人は、港に向かって、歩いていきます。一人は、携帯で話しながら、歩いています」

「おそらく、仲間と、連絡を取っているんだろう」

小暮が、いった。

「しかし、警部、あの女二人は、どうして、車から、降りてしまったんでしょうか？仲間と、連絡を取るなら、何も、車から降りる必要はないはずです」

先行する覆面パトカーの刑事が、いった。

十津川と、小暮の乗った、三台目の覆面パトカーが、先行する二台に、追いついた。なるほど、歴史博物館の前に、白のトヨタカローラが、停まっている。

小暮が、仲間の覆面パトカーのそばに、車を寄せて、

「犯人たちを、ちゃんと、尾行しているんだろうな？」

「刑事二人が、歩いて、尾行しています」

十津川たちも、車から降りて、港に向かって、走り出した。

前方に、二人の女が、見えてきた。一人が、まだ、携帯をかけ続けている。

十津川たちは、足を止め、じっと、二人の女の様子を、うかがった。

一人の女が、急に、ハンドバッグの中から封筒を、取り出した。中央郵便局で、受け取ってきた、ニセの手紙である。

中身を、透《す》かすように見ている。片方の手で、相変わらず、誰かと、携帯で話している。

もう一人の女が、封筒を受け取り、彼女も、中身の小切手を、透かすように見ている。

「仲間から、ニセモノを、つかまされたんじゃないかと、そういわれたんじゃないかと、思いますね」

亀井が、いった。

「だから、確認しているんですよ」

その時、突然、左の方向から、バイクが突進してきた。

男が、一人乗っている。

女たちに近づくと、男は、片手で、一人を突き飛ばし、手紙を持っているもう一人の女から、小切手の入った封筒を、もぎ取った。

女二人が、悲鳴を上げている。

それには構わずに、バイクの男は、エンジン音を、響かせて走り去っていった。

「三宅だ！」

大声で、亀井が、叫んだ。

こうなっては、まず、犯人を、確保するより仕方がない。

十津川たちは、すぐ、二人の女に、向かって走った。

「警察だ！　逮捕する！」

県警の小暮警部が、叫んだ。

4

逮捕したのは、秋山香織と森田久美子の、二人だった。

二人の名前は確認できたが、江見はるかの、居場所をきいても、二人は答えようとしない。

「一千万円の小切手を、奪われてしまったら、江見はるかを、監禁している理由は、もうないじゃないか？」

わざと、十津川は、秋山香織に向かって、いった。

「さっきのバイクは、何者なの？」

森田久美子が、十津川に、きいた。

「東京の新宿で、人を殺した三宅修という男だよ。君たちは、一時、三宅を、監禁していたんじゃないのか？」

「あの三宅修なの？」

「そうだよ。三宅は、バイクを、用意しておいて、君たちが、新潟中央郵便局に、江見はるかの手紙を、受け取りに来るのを、じっと、見張っていたんだ。うかつだったな」

「じゃあ、さっき、私の携帯に、電話をしてきたのは、やっぱり、三宅なの？」

森田が、十津川に、きいた。

「三宅が、何の電話を、君たちに、してきたんだ？」

「私たちの乗った車が、警察のパトカーに尾行されているって、教えてくれたのよ。だから、歴史博物館の前で、車から降りたんじゃないの」

「三宅の話を、信じたのか？」

「ええ、信じたわ。バックミラーを見たら、同じ車が、ずっと、私たちの車をつけていたから」

秋山香織が、いった。

「三宅は、君たちが、手に入れた、江見はるかの手紙が、ニセモノかもしれないから、調べてみろと、そういったんだな？　それで、君たちは、バカみたいに、あそこに、突っ立って、封筒の中の、小切手を調べていたんだ。あんな格好じゃ、まるで、サッサと、小切手を奪ってちょうだいとでも、いうようなものじゃないか？」

十津川が、苦笑いしながら、いった。

「そんなことを知っているなら、刑事さんは、サッサと、あの三宅を追いかけたらどうなの？　のんびりしてたら、あの男、肝心の小切手を、持ったまま、姿を消してしまうわよ」

森田久美子が、怒ったような口調で、いった。

「三宅が行く場所は、わかっているんだ」

十津川は、いった。

三宅は、今頃、一千万円の小切手を、手に入れたと、思っているだろう。

一千万円を手に入れたら、三宅の行くところは、決まっている。

三宅修が、小切手がニセモノだと、気がつかなければ、小切手を手に入れたことに、小躍《こおど》りしながら、バイクを、長岡に向けて、走らせているはずなのだ。

行き先は、もちろん、ガールフレンド、加藤みどりの、両親がやっている、コイの養殖場である。

「君たちが、欲しいと思っていた、一千万の小切手は、三宅修に奪われたんだ。こうなったら、サッサと、江見はるかを解放したらどうなんだ？　そうすれば、君たちの罪も、少しは軽くなるぞ」

十津川が、二人に向かって、いった。

「そうはいかないわ」

香織が、いった。

「いい加減に、諦めたら、どうなんだ？」

県警の小暮警部が、いった。

が、香織は、ニヤッと笑って、

「私たちは、江見はるか本人を、押さえているのよ。小切手は、あの三宅に、奪われてしまったかもしれないけど、もともとは江見はるかのものだわ。銀行に連絡しておけば、本人の、江見はるかが、私たちのところに、いるんだから、三宅は、あの小切手を、現金化できないはずだわ」

「君たち二人は、すでに、警察に逮捕されたんだよ。どうやら、それが、わかっていないようだね。江見はるか本人に、小切手を押さえてもらうように銀行に連絡してもらうと、いったって、君たちは逮捕されているんだ。どうやって、仲間に連絡をするんだ？　だいたい、われわれ警察が、銀行に手配すれば、君たちだって、小切手を現金にはできないのだよ」

小暮が、笑いながら、いった。

「ちくしょう」

秋山香織が、舌打ちをした。

「あんな男に、一千万円を奪われるなんて、バカみたい」

森田久美子が、いった。

「残念だな」

十津川は、二人の女に、向かって、いった。

「われわれ警察が、一千万円の小切手を持っていたら、君たちはまだ、江見はるかの、安全と引き換《か》えに、小切手を、要求できるのにね。三宅が、持っていたんじゃ、君たちは、何もできないはずだ」

「すべてを話したら、どうなんだ？　このままだと、君たち二人だけが、刑務所行きだぞ」

小暮が、二人を脅した。

「今、江見はるかは、いったい、どこにいるんだ？」

十津川が、もう一度、秋山香織に、きいた。

香織は、黙ったまま、返事をしない。

「このままで、どうするつもりなんだ？　一千万円だって、手に入らないし、江見はるかを連れていたんじゃ、逃げるのも、大変だろう？　今、彼女のそばには、高山真美という女と、岩井洋介の二人が、いるんだろう？　君たちが戻ってこなければ、二人は、ヤケを、起こして、江見はるかを殺してしまうかも、しれないぞ。そうなったら、誘拐のほかに、殺人の罪まで、君たちは、背負うことになるんだ。それがどういうことなのか、わかっているのか？」

5

十津川は、叱《しか》りつけるように、二人に、いった。

二人は、相変わらず、押し黙ったままだったが、少しずつ、顔色が、青ざめていくのがわかった。

「車の中」

森田久美子が、ボソッと、いった。

「レンタカーは、歴史博物館の前に、放り出してきたんじゃないのか？」

県警の小暮が、二人を見て、いった。

「そうじゃないわ。彼女、車の中に、監禁しているんだ」

秋山香織が、いった。

「ということは、もう一台、車を、使っているのか？」

「六人乗りのキャンピングカーを借りたのよ。それに江見はるかを、乗せて、移動している。警察が来たら、車ごと逃げるつもり」

森田久美子が、十津川に、いった。

「その車は、今、どこだ？」

と、小暮が、きいた。

「移動中だわ」

香織が、いった。

「移動中？」

県警の小暮警部が、睨《にら》む。

「そうよ。絶えず、移動していたほうが、安心だもの」

「そんなこと、誰がいっているんだ？」

「岩井君」

と、香織が、いい、続けて、

「今頃は、おそらく、国道45号を、郡山《こおりやま》に向かっているはずよ。私たちが、一千万円の小切手を、手に入れたら、郡山で落ち合って、そこから全員で、東京に帰るつもりだったんだ」

十津川は、県警の小暮警部に、いった。

「今、この二人がいったキャンピングカーを捕まえてください。私と亀井刑事は、県警のパトカーを、一台借りて、三宅修を追いかけます。三宅は、警視庁が、担当している殺人事件の、容疑者ですから」

「三宅の向かっているところは、わかっているんですね？」

「ええ、わかっています。彼の行き先は、長岡以外には、考えられません」

十津川は、きっぱりといい、小暮から、覆面パトカーを一台借りると、二人は、それに、乗った。

「長岡警察署の、鈴木警部に伝えてください。私たちは、三宅を追って、長岡に行きます。鈴木警部も、後から来てください。そう伝えて、くださいませんか？」

十津川は小暮にいい、アクセルを吹かして、長岡に、向かって、出発した。

6

十津川と亀井は、再び、長岡市内に、舞い戻った。

相変わらず、市内には、仮設住宅が、残っている。この仮設住宅に、住む人たちは、あと、一年か二年は、ここから、脱出できないのではないのか？

二人はまず、仮設住宅の中にある、三宅修の両親の家を訪ねてみた。

「息子さん、帰っていませんか？」

十津川が、きくと、母親は、黙って、首を横に振る。

「何か連絡は？」

亀井が、きいた。

母親は、また、首を横に振った。

本当に、その後、三宅修から、連絡がないのかどうかは、わからない。

しかし、これ以上何をきいても、血のついた絆創膏についても、何も話さなかったくらいだから、この母親は、何もいわないだろう。

二人は、パトカーに戻ると、三宅のガールフレンド、加藤みどりの、両親がやっている、コイの養殖場に向かって、車を走らせていった。

こちらも、被害がひどい。一つだけ残った、市内の、養殖場の前に来た。

ガラス張りの温室の中で、加藤みどりの両親は、必死になって、秋に出荷する幼魚の、卵を作ろうとしているはずだった。

「バイクがありますよ」

亀井が、いった。

なるほど、温室の入り口のところに、バイクが、一台、停まっている。ナンバーは新潟だった。

「すぐ、三宅を、逮捕しますか?」

亀井が、きく。

「いや、少し待とう。できれば、長岡署の鈴木警部と一緒に、三宅を逮捕したいんだ」

十津川が、いった。

腕時計を見ながら、しばらく、待つことにした。

やがて、パトカーが、近づいてきて停まると、長岡署の鈴木警部が、車から降りて。

十津川たちのところに、やって来た。

「待っていてくださったんですか？」

鈴木が、きく。

「私は、東京の人間ですから、この辺の、地理には詳しくないんですよ。それで、鈴木さんが、いらっしゃるのを待っていたんです」

十津川は、いった。

鈴木は、温室のほうに、目をやって、

「あのバイク、三宅が、乗ってきたものですか？」

「おそらく、そうでしょうね。これから、あの建物の中に、入りましょう」

十津川が、いった。

「十津川さん、何だか、元気が、ありませんね？」

鈴木が、きいた。

「そんなことはありません。張り切ってますよ。何しろ、東京から追ってきた殺人犯を、やっと逮捕できるんですから」

「それでも、何となく、元気がないですよ」

鈴木が、いう。

「そうですか。実は、ほんの少しですが、三宅という男の顔を、見るのが辛《つら》いんですよ。何しろ、三宅は、一千万円の小切手を、手に入れて、ここに、飛んできたわけですからね。それを、恋人の両親に渡して、喜ばせようとしている。その小切手が、ニセモノなんだから、三宅が、どんな顔をするのか」

十津川が、いった。

十津川、亀井、そして、長岡署の鈴木警部の三人は、ゆっくりと、コイの養殖場である温室に向かって、歩いていった。

入り口から、中に入る。

ムッとする温かさの中で、加藤みどりの両親や、加藤みどり本人、そして、三宅が、そこにいた。

「三宅修。君を殺人容疑で逮捕する」

十津川が、三宅に、おごそかに、いった。

三宅は、なぜか、ニヤッと笑って、

「もう逃げませんよ。逃げる必要も、なくなったから」

亀井が、三宅の手に手錠を掛けた。

十津川は、呆然《ぼうぜん》としている加藤みどりに、目をやりながら、

「カメさん、三宅を、向こうに連れていってくれないか？」

亀井が、三宅を、温室の外に、連れ出した。

その後、十津川は、加藤みどりの、両親に向かって、

「三宅修から、一千万円の小切手を、受け取りませんでしたか？」

と、きいた。

加藤みどりの父親は、ポケットから、小切手を、取り出しながら、

「これ、盗品だったんですか？」

十津川に、きいた。

「三宅は、何といって、それをあなたに、渡したんですか？」

「この一千万円は、自分が、東京で働いて貯めたものだから、安心して使ってくださ
い。三宅君は、そういったんです。それで、後で、借用書を書こうと、思っていたん
ですが、盗品だったんですか？」

「そうです。残念ながら、盗まれたものでした。ですから、銀行で、お金にすること

も、できません」

十津川は、加藤からその小切手を受け取った。それが、偽造の小切手だとは、とてもいえなかった。

青ざめた顔の、加藤みどりが、十津川に、きいた。

「三宅君、何をやったんですか？」

「東京で人を一人、殺しましてね。ただ、殺意は、なかったと思いますから、それほど、重い刑には、ならないはずですよ」

十津川は、わざと軽い調子でいった。

「じゃあ、東京で人を殺して、その一千万円の小切手を、奪ってきたんですか？」

加藤みどりの父親が、眉をひそめて、きいた。

「小切手は、殺人事件とは、何の関係もありません」

とだけ、十津川は、いった。

十津川が、パトカーのところに、戻ると、逮捕された三宅が、

「あの小切手、ダメだったんですね？　加藤さんに、使ってもらえなかったんですね？」

悔《くや》しそうに、いった。

「そうだよ。君は、わざわざ、新潟から持ってきたが、残念ながら、盗んだ小切手は、使うことができない。そのくらいは、わかっているはずだ」

と、十津川は、いった。

三宅の身柄は、いったん、長岡警察署に留置され、その後、東京に、移送されることになった。

十津川は、新潟市にいる、小暮警部に、電話をかけた。

「こちらでは、三宅を、逮捕しましたが、そちらは、どうなりましたか？」

十津川は、きいた。

「こちらも、何とか、終わりましたが、一騒動ありましてね」

小暮が、いう。

「犯人たちが、抵抗でもしたんですか？」

「ええ、郡山に行く途中で、キャンピングカーに追いついて、車内に突入したんですが、女装していた岩井が、大立ち回りを、しましてね。刑事一人が、負傷しました」

どうやら、電話の向こうで、話しながら、苦笑している感じだった。

「女装した男の、大立ち回りですか。私も、見たかったですね」

十津川が、いった。

「相手が、女装していたので、こちらにも、油断がありました」

と、小暮は、いってから、

「江見はるかは、無事救出して、現在、彼女は、母親の江見文子と落ち合って、自宅に帰る途中です」

「例の、一千万円の小切手ですが、あれは、どうなりました？」

十津川が、きいた。

「その小切手ですが、十津川さんが考えていた通り、手紙の中に入れて、東京の新宿から、夜行列車に乗る直前に投函していたんです」

「しかし、実家には、届いていませんでしたけど、どこに、送ったんですか？」

「それがですね、江見はるかには、恋人がいましてね。大学卒業後に、結婚を約束していた恋人が、新潟に、いたんですよ。丹羽吾郎《にわごろう》という三十歳の、男なんですが、その男宛てに出した手紙の中に、一千万円の小切手を、入れておいたらしいのです。一千万円を、小切手のかたちで送って、驚かせて、喜ばせたかったようです。それで、その小切手も、無事に、見つかりました。その男は、小切手が着いたものの、はるかと連絡が取れなくなって、心配していたのだそうです」

「どうして、母親に、送らなかったんですかね？」

十津川が、きくと、

「その理由を、彼女は、いわないんですけどね、どうやら、江見はるかは、たまにかける電話の、やりとりから、母親が少しボケてきたのではないかと、そんなふうに、思っていたらしいのですよ。それで、一千万円の小切手が入った手紙を、送ったら、ひょっとして、母親がどこかに、置き忘れたり、捨ててしまうのではないか？　そんな危倶《きぐ》を、持ったのではないか？　これは、私が勝手に、想像しているんですが」

と、小暮警部は、いった。

それから二日して、十津川たちが、東京に戻ると、私立探偵の、橋本が訪ねてきた。

「今朝、新潟から、帰ってきました」

橋本が、いう。

「ずいぶん、ゆっくりだったんだな」

「久しぶりに、まとまった収入が、あったので、向こうの温泉に、入ってきたんです」

橋本が、ニッコリする。

「まとまった収入というと、つまり、成功報酬か？」

十津川が、きく。

「私の力で、江見はるかが、見つかったのなら、成功報酬を、もらいますけどね。事件に巻き込まれて、その結果、江見はるかが、見つかったわけですから、決まった支払いのほかに、成功報酬を、もらうわけにはいきませんよ。ただ、彼女の母方の、バアさんという人に、感謝されましてね。成功報酬はもらえませんでしたが、十万円を、バアさんからもらいました。それで、温泉を、楽しんできたわけですよ」

橋本が、いった。

「江見はるかには、感謝されなかったのか？」

「ええ、感謝されませんでしたね。私が、彼女を、助けたわけじゃありませんから」

「向こうの警察の話では、江見はるかには、恋人が、いたみたいじゃないか？」

「その恋人に、会いましたよ。彼女が稼《かせ》いだ一千万円を、元手にして、二人して新潟で、何か、事業をやるみたいですよ。今は、女性のほうが稼ぐみたいで、私には、羨《うらや》ましい限りですよ」

橋本は、そういって、笑った。

この作品は２００６年9月祥伝社より刊行されました。
なお、本作品はフィクションであり実在の個人・団体などとは一切関係がありません。

徳間文庫

夜行快速《ムーンライト》えちご殺人事件《さつじんじけん》

2020年2月15日 初刷

著者 西《にし》村《むら》京《きょう》太《た》郎《ろう》

発行者 平野健一

発行所 株式会社 徳間書店

東京都品川区上大崎三―一―一
目黒セントラルスクエア 〒141―8202

電話 編集〇三(五四〇三)四三四九
販売〇四九(二九三)五五二一

振替 〇〇一四〇―〇―四四三九二

印刷
製本 大日本印刷株式会社

ISBN978-4-19-894539-8 (乱丁、落丁本はお取りかえいたします)

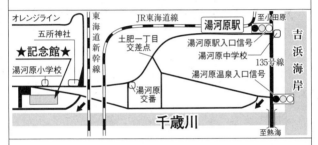